Anneliese Ast · Begegnungen im Land der Stille und des Regens

ANNELIESE AST ist in Niedersachsen geboren und aufgewachsen und lebt seit ihrer Heirat 1970 in Gräfelfing bei München. Sie hat Gartenbauwissenschaften, Chemie, Biologie, Geografie sowie Philosophie studiert und war als Gymnasiallehrerin tätig. Seit 1991 schreibt sie Geschichten und Romane, die von ihrem Studium, ihrem persönlichen Leben mit Reisen in viele Länder der Welt geprägt sind. Ihre Geschichten wurden in Anthologien und in den Büchern *Dessous zum Dessert* (2011) und *Hühnerblut und Coca Cola* (2014) veröffentlicht.

Ihre Romane sind unter den Titeln *Erinnerungen an Knollerich und Kohlenklau* (2003), *Irgendwo im Nirgendwo* (2005), *Wege zurück* (2009) und *Traum oder Albtraum* (2014) erschienen.

Anneliese Ast

Begegnungen im Land der Stille und des Regens

Novelle

*Mit Dank an die Fotografin Gabriele Habermann
für die Fotos und die Unterstützung bei der Erstellung dieses Buchs*

© 2015 Anneliese Ast
Satz, Layout und Umschlaggestaltung: Buch&media GmbH, München
Herstellung und Verlag: BoD – Books on Demand
Printed in Germany
ISBN 978-3-8370-3925-2

»Alles wirkliche Leben ist Begegnung«
Martin Buber

Inhalt

I	Ende einer Zeit	9
II	Eine Reise und die offene Tür	12
III	Erste Begegnungen	18
IV	Gespräche am Feuer	30
V	Gestalten durch Feuer und Rauch	35
VI	Eine außergewöhnliche Begegnung	39
VII	Zeichnen und malen	46
VIII	»Klösterreich« und die Dörfer	55
IX	Phantastischer Realismus	62
X	Aktivitäten auf einer Burg	74
XI	Tiere, Viecher, Unwesen	78
XII	Gemalte Urbilder	83

Rückblende 87

I. Kapitel

Die Nacht war tiefschwarz. Nur ein gleißend heller Blitz, der durch den Himmel zuckte, erleuchtete sie für einen Moment. Aus weiter Ferne hörte man den Donner grollen. Gegen die Windschutzscheibe des weißen Mercedes trommelten dicke Regentropfen, sodass die auf dem Glas mit höchster Geschwindigkeitsstufe hin und her schürfenden Scheibenwischer es nicht schafften, die Sicht frei zu halten. Das Licht der Autoscheinwerfer bohrte sich durch das feuchte Grau, ohne irgendwo reflektiert zu werden. Ein vorausfahrender Laster warf aufgewirbelte Wassermassen auf die Windschutzscheibe. Plötzlich heulte der Motor des Mercedes auf. Der Wagen reagierte nicht mehr auf die Lenkung, schleuderte. Die Reifen hatten den optimalen Kontakt zur Fahrbahn verloren. Dr. Arentin erschrak, nahm den Fuß vom Gas, machte keine starke Lenkbewegung mehr. »Vorsicht, Aquaplaning«, fuhr ihm durch den Sinn, doch die Gefahr schien gebannt. Er atmete auf, drosselte noch einmal die Geschwindigkeit.

Wie oft war Franz Arentin bei jedem Wetter, bei Tag und bei Nacht, auf dieser Strecke unterwegs – der Autobahn zwischen zwei Städten, der einen, in der er arbeitete, und der anderen, in der, wie er meinte, sein eigentliches Leben stattfand. Ein häufiges Hin und Her: Gas geben, bremsen, langsam dahinrollen, überholen, überholt werden. Die Fahrten waren wie ein Schnelldurchgang durch sein bisheriges Leben. Ein großer Teil der Landschaft beidseits des Asphaltbandes blieb unscharf, hatte nur einige markante Punkte. Schemenhaft erschienen auch Menschen, nur wenige gewannen Profil, waren in das Gedächtnis unauslöschlich eingeprägt.

Er hatte alles getan, damit diese Fahrten ein Ende haben konnten. Beruflich hatte er es erreicht. Doch privat war alles für ihn unerwartet anders gekommen. Um immer die gleichen Fragen kreisten daher seine

Land der Stille und des Regens, A.A. Aquarell

Gedanken in dieser finsteren Nacht, in der er sich plötzlich sehr allein fühlte. Er fand keine Antwort, aber es schien wieder ein Kapitel seines Lebens beendet zu sein, das ihm sehr wichtig gewesen war.

Als es Frühling wurde, saß Franz Arentin in einem Garten, der nicht sein Garten war, und wohnte in einer Wohnung, die eigentlich keine Wohnung war. Der Mercedes stand verlassen auf der Straße, als er in den freien Stunden über schuld oder nicht schuld nachdachte.

Es war ein Sonntag mit strahlend blauem Himmel, als durch einen Zufall sein Leben eine Wendung nahm und ein neues Kapitel begann.

II. Kapitel

Porta patet, sed magis cor.
(Die Tür ist offen und das Herz noch mehr.)

Um sieben Uhr war das Auto gepackt. Seine schlanke Frau mit ihren kurz geschnittenen, rotblonden Haaren war trotz eines starken Kaffees noch nicht richtig wach und saß leicht frierend im Fahrzeug vor der Garage. Franz Arentin ging noch einmal rund um das Haus und versperrte die Vordertür. Dann setzte er sich hinter das Steuer seines weißen Mercedes und fuhr durch die engen Straßen der kleinen Gemeinde bis zum Autobahnzubringer, wo schon reger Verkehr herrschte. Anke Arentin nahm das am Rande wahr, da sie nur mühsam die Augen offenhalten konnte.

»Die Autobahn München–Salzburg ist wie immer dicht befahren. Hoffentlich geht das nicht so weiter«, hörte sie wie aus weiter Ferne ihren Mann sagen. »Ab Salzburg wird es besser. Auf der Westautobahn ist der Verkehr nie so dicht«, drang noch an ihr Ohr. Dann schlief sie ein, bis ihr Mann das Auto mit einem Ruck bremste. Für einen Moment wurde Anke wach und sah, wie sie am Chiemsee vorbeifuhren, der sich unter dichtem Nebel verbarg.

Als es ruhig dahinging, schlief sie wieder ein, bis sie ein lautes »Grenze« und »aufwachen, aufwachen« aus dem Schlaf riss. Das Auto stand.

»Gib mir deinen Pass, wir sind an der Grenzübergangsstelle Salzburg.«

Es wurde zügig abgefertigt und das Auto rollte weiter in Richtung Wien.

Es blitzten erst die Wasserflächen vom Mondsee und dann vom Attersee auf. Bei einer längeren Pause an einer Raststätte nahm Franz

Arentin ein kräftiges Mittagessen ein. Seine Frau aber trank nach einer Portion Kaffee nur noch eine große Flasche Mineralwasser.

»Du musst auch etwas essen«, sagte ihr Mann.

»Ich habe keinen Hunger.«

Er redete ihr nicht weiter zu. Sie hatte nur Durst, quälenden Durst, den man fast als Gier bezeichnen konnte. Sie hätte gern noch eine zweite Flasche Wasser getrunken, aber ihr Mann drängte zum Aufbruch. So folgte sie ihm und ließ sich schlapp in die Polster des Mercedes fallen. Ihr Mann gab vorsichtig Gas und fuhr in die Autobahn ein.

Sie war eingeschlafen, als sie wieder durch seine Stimme geweckt wurde: »St. Pölten! Wir müssen ausfahren.«

Jetzt war Anke hellwach, da sie der Lotse war. »Wir müssen weiter Richtung Krems und dann Horn«, stellte sie fest, als sie die Straßenkarte auf dem Schoß ausgebreitet hatte.

Nun schien der Himmel höher und weiter zu sein. Das Land mit schmalen Ackerstreifen und Siedlungen in den Mulden bekam jene melancholische Magie einsamer Gegenden. Wälder erahnte man nur hinter gerade noch erkennbaren Baumreihen. In den kleinen Häusern am Straßenrand schienen Dahlien und Malven, hinter den Zäunen versteckt, die einzigen Bewohner zu sein.

Wo fuhren sie eigentlich hin, wenn doch der Blick durch das Autofenster fast ins Nichts ging?

»Vergessenes Land nennen manche das Waldviertel, wo acht Monate Winter und vier Monate kalt sind«, dachte Anke und erinnerte sich zugleich daran, was ein Poet darüber geschrieben hatte:

»Das Königreich der Stille gibt es wirklich! Die Menschen sagen Waldviertel dazu.«

Was würde wirklich sein?

Klöster und Stifte hatte Anke immer mit Stille, Abgeschiedenheit und Einsamkeit assoziiert. Sie hatte sie als Stätten der Kontemplation gesehen, wo man über sich selbst, die Beziehungen zu anderen und zu Gott nachdenken konnte.

Kunst gehörte sicher zu Klöstern, aber Malkurse?

Über diesen Aufenthalt im Stift hatte sie bisher nicht groß nachdenken können, obwohl sie ihn vorgeschlagen und organisiert hatte. Erwartete den Gast dort eine Klosterzelle, eine *cella*, so ein kleiner

Foto nach Aquarell, von A.A.

Raum, wie bei den Brigitten in Altomünster? Dort waren die Zimmer der Gäste die ehemaligen Zellen der Nonnen gewesen, in denen man sich gerade um die eigene Achse hatte drehen können.

Unvermittelt tauchte bei einem Blick in ein Tal ein Baukomplex auf, der von einem hohen, mit einer schönen Zwiebel bekrönten Kirchturm überragt war. Ihr Mann fuhr langsamer und bremste nach einiger Zeit vor einer Mauer.

»Das muss das Prämonstratenser Chorherrenstift Geras sein«, sagte er beim Aussteigen.

»Wo ist denn die Tür?«, wollte Anke wissen. »Die Pforte muss doch irgendwo hier sein.«

Bei den Brigitten hatte sie eine Ordensschwester im grauen Ordensgewand und mit schwarzem Schleier hinter einem weißen Gitter empfangen. Nur durch dieses Gitter hatte man mit ihr sprechen können. – Franz Arentin verschwand.

»Die Anmeldung ist hier in einem Laden«, informierte er seine Frau, als er zurückkam und sich wieder hinter das Steuer setzte. Er fuhr durch das große Eingangstor in den Hof. »Man hat mir erlaubt, im Hof zu parken«, sagte er erklärend und ging noch einmal in den Laden.

»Ihr Name ist Dr. Franz Arentin? Ich sehe auf der Liste, Sie haben das Zimmer Nummer 14, hier in diesem Gebäude. Das liegt gleich neben dem Atelier. Sie finden es sicher selbst, wenn ich Ihnen den Weg beschreibe«, empfing ihn eine freundliche Mitarbeiterin. Dr. Arentin holte seine Frau und einen Teil des Gepäcks aus dem Auto.

Die steinernen Treppen in dem alten Gemäuer, die die Eheleute ihre Koffer ein Stockwerk hoch schleppen mussten, waren ausgetreten.

»Das Zimmer ist wenigstens geräumig und keine *cella*«, sagte Anke Arentin erleichtert, als sie in ihrem kleinen Reich auf Zeit ankamen.

»Die Prämonstratenser Chorherren sind auch keine Mönche, sondern Priester mit Ordensgelübde. Viele von ihnen haben eine Pfarrei«, belehrte sie ihr Mann.

In dem Raum standen nebeneinander an der Längswand zwei braun gestrichene Holzbetten, über denen als einziger Schmuck des Zimmers das Bild wohl eines Papstes hing. Weiß gestrichene Nachtkästchen, wie aus dem Schlafzimmer ihrer Großeltern, standen daneben.

Das Tor zum Stift, Tuschezeichnung, coloriert, F.A.

Der braune Holzschrank war schmal und seine Türen knarrten hörbar beim Öffnen.

Anke Arentin ließ ihren Blick schweifen. »Wo kann man sich hier waschen?«, fragte sie sich, denn ein Waschbecken war nicht zu sehen. Allerdings war da nicht unmittelbar neben der Tür etwas vornüber geneigt ein Waschtisch mit einer Marmorplatte, auf dem eine Porzellanschüssel mit einem Wasserkrug stand. Es gab also kein fließendes Wasser im Zimmer.

»Man hat mir im Laden gesagt, in der Nähe unseres Schlafraums sei ein Etagenbad«, sagte Franz Arentin, der den suchenden und dann enttäuschten Blick seiner Frau bemerkt hatte.

Die zwei hohen Fenster, jedes nach einer anderen Seite zum Hof gerichtet und von rot-weiß karierten Gardinen gerahmt, ließen bei Tage viel Licht in den Raum. Das Zimmer war also freundlich, wie man in einem solchen Fall zu sagen pflegt. Bei Dunkelheit allerdings war die Beleuchtung des hohen Raumes durch eine vierarmige Deckenleuchte und zwei Miniaturnachttischlampen eher spärlich. Das Lesen im Bett musste also entfallen und vielleicht sollte man jetzt dem Rat des Zisterzienser-Abtes Bernhard von Clairvaux folgen, dachte Franz Arentin:

Gönne dich dir selbst!
Ich sage nicht: Tu das immer.
Aber ich sage: Tu es immer wieder einmal.
Sei für alle Menschen
und auch für dich selbst da.

Mit diesem Gedanken sagte er seiner Frau gute Nacht.

III. Kapitel

Vor dem Atelier standen am nächsten Morgen zunächst nur Frauen und so fühlte sich Franz Arentin als Exot unter all der Weiblichkeit. Doch bald kamen zwei weitere Männer. Einer schloss die Tür zum Atelier auf und die Kursteilnehmer drängten hinein.

»Der Dicke ist unser Kursleiter, der Jüngere ist vermutlich ein Chorherr«, tuschelten zwei Frauen hinter Anke Arentin.

»Ein Chorherr? Mit einer braunen Lederjacke, beigefarbener Cordhose und einem Rollkragenpullover? Haben die Prämonstratenser denn keine Ordenstracht?«

»Ich begrüße Sie im Stift Geras und stelle Ihnen hier Ihren Kursleiter Professor Itzinger vor, der Sie in den nächsten vierzehn Tagen betreuen wird«, sagte der mit der Lederjacke. »Vielleicht ist es im Atelier ein wenig eng, aber Sie werden auch besonders in der Natur malen.«

Gerade schlich sich noch eine Kursteilnehmerin in das Atelier.

»Kommen Sie nur«, sagte der Professor, »Sie sind noch rechtzeitig. – Wer ihn noch nicht kennen sollte, der Herr, der mich vorgestellt hat, ist Dr. Angerer, der Provisor und Waldmeister des Klosters, ein sehr wichtiger Mann! – Nun suchen Sie sich mal alle einen Platz, packen Sie Ihre Malutensilien aus und bringen Sie etwas auf das Papier.«

Es war ein großes Hin und Her, bis jeder einen Platz gefunden hatte, weil der Kurs überbucht war. Eine etwas ältere Kursteilnehmerin, die sich neben Anke Arentin eingerichtet hatte, hatte eine Staffelei und ein angefangenes Bild mitgebracht. Alle anderen versuchten aus dem Gedächtnis ein Aquarell zu malen, während der Professor von einem zum anderen ging und hier und da kurz stehen blieb.

Auf ihren Mann hatte Anke Arentin in ihrem Eifer nicht geachtet. Als ihr plötzlich einfiel, dass sie nicht allein da war, schaute sie sich im Atelier suchend um, aber sie sah ihren Mann in keiner Ecke. Seine Abwe-

Der Provisor und der Maler
Prof. Fritz Itzinger

senheit kam ihr daher komisch vor. War er geflüchtet, weil er nichts auf das Papier gebracht hatte oder hatte es ihn gestört, dass er der einzige Mann im Kurs war? Allerdings passte das nicht zu ihm. So beschloss sie, bis Mittag abzuwarten, dann löste sich dieses Rätsel vielleicht von selbst.

Als Anke mittags aus dem Atelier kam, stand ihr Mann mit einem etwas beleibten Herrn zusammen vor der Tür, der eine dunkel umrandete Brille mit braun getönten Gläsern trug und einen stämmigen Hund an der Leine hatte. Der Vierbeiner hatte glattes, rostfarbenes Fell, eine eckige Schnauze, lange hängende Ohren und knurrte sie an.

»Meine Frau«, sagte Franz Arentin.

»Oh, ja, kommen Sie nur! Der Hund tut Ihnen nichts. Ihr Mann hat mich gerade gefragt, was ich in der Zeit mache, in der meine Frau, auf die ich hier warte, malt«, sagte der Herr mit dem Hund.

»Und was haben Sie ihm geantwortet? Sind Sie in einem anderem Kurs?«

Der Herr lachte hell auf.

»Ich, um Himmels Willen! Malen, ich? Auch nicht in einem Stift!«

»Aber Sie müssen sich doch irgendwie beschäftigen, während Ihre Frau im Kurs ist.«

»Ich habe die Erlaubnis, hier im Marmorsaal auf dem Flügel zu spielen, und am Abend gehe ich auf Entenjagd. Ich bin Jäger und, wissen Sie, die abendliche Entenjagd, der Entenstrich, ist eine sehr reizvolle Jagdart. Im Glanz der untergehenden Sonne versteckt im Schilf an einem See zu stehen, das ist immer wieder ein Erlebnis. Hier gibt es ja viele Fischteiche. Die Enten kündigen sich beim Einfliegen durch charakteristische Laute an. Man muss sie dann kirren, das heißt mit Futter ködern, damit sie in den Bereich der eigenen Flinte kommen«, klärte sie der Herr mit Hund auf. »Und das Gewehr, das Gewehr ist wichtig, ich habe natürlich mehrere Jagdflinten … ein teurer Spaß!«, berichtete er. »Auch der richtige Hund gehört dazu, wie dieser Magyar Vizsla, der die getroffenen Enten aus dem Wasser holt.«

Leider zeigten die Arentins an der Entenjagd und dieser Art des Tötens kein großes Interesse und so hielt er inne.

»Und Sie, was machen Sie?«, wandte er sich schließlich an Franz Arentin.

»Ich sollte«, – Franz Arentin warf einen Blick auf seine Frau – »wollte«, verbesserte er sich, »eigentlich auch malen wie meine Frau, aber es ist mir in dem Atelier zu eng und jetzt werde ich mich für Keramik interessieren.«

»Sie wollen töpfern? Im alten Rom war das die Arbeit von Sklaven«, sagte er mit einer gewissen Verachtung in der Stimme.

»Jagen ist eben für manche Leute ein elitärer Sport«, dachte Anke Arentin.

In dem Moment kam noch einmal der Provisor vorbei.

»Wie geht es Ihnen, Herr Dr. Arbesser?«, fragte er im Vorbeigehen.

»Gut, gut und Ihnen?«, antwortete der Jäger und schaute dem Geistlichen nach.

»Wo warst du eigentlich?«, fragte Frau Arentin ihren Mann.

»Ich habe mich umgemeldet zu einem Keramikkurs, wie du eben gehört hast. Man kann sich im Atelier ja nicht rühren.«

Inzwischen war auch die Frau des Jägers aus dem Atelier gekommen und legte ihre rechte Hand auf seinen Arm.

»Hast du schon lange gewartet?«, fragte sie.

»Wie immer!«, sagte er in einem jetzt unfreundlichen, herrischen Ton. »Geht das nicht anders? Ich habe schon fürchterlichen Hunger!«

Die Frau mit fast weißen Haaren und einem runden, gutmütigen Gesicht, die sich etwas schwerfällig bewegte, lächelte milde.

»Wo kann man hier eigentlich essen?«, fragte Franz Arentin.

»Sehr viele Möglichkeiten gibt es nicht, aber wir essen gern in den Waldviertl-Stubn. Dort bekommen Sie Spezialitäten aus der Gegend«, informierte sie der Jäger und seine Frau fügte hinzu: »Wir zeigen es Ihnen gern.«

»Ach, das findet man doch leicht. Komm jetzt endlich. Ich habe Hunger.«

»Mir ist gerade ein Witz eingefallen, willst du ihn hören?«, fragte Franz Arentin, als der Herr mit Hund und dessen Frau gegangen waren. Anke hatte gerade noch den Satz aufgefangen: »Ein Mann und dann dies Gebatze mit Ton!«

»Ja, erzähl!«

»Ein angetrunkener Jäger nimmt eine Stockente auf einem Teich ins

Der Herr mit Hund, Dr. Konrad Arbesser

Visier, trifft aber daneben einen Frosch. Als ihm der Hund den leblosen Körper vor die Füße legt und er ihn aufhebt, murmelt er vor sich hin: ›Irre, sogar das Gefieder habe ich der Ente weggeschossen.‹«

»Bösartig, aber ich weiß, du magst die Jagd nicht.«

»Ja, du hast recht! – Ich muss übrigens noch schnell in den Laden.«

»Wir müssen erst essen, denn so lang ist die Mittagspause nicht.«

»Dann komm. Lass uns die Stubn suchen.«

Das Alter der Keramikerin Frau Professor Gebauer konnte man nur schwer schätzen, sie war eine attraktive Frau mit leuchtenden blauen Augen und blonden Haaren.

»Nennen Sie mich einfach Helga«, sagte sie, wenn eine der Frauen sie mit Frau Professor anredete. Als Franz Arentin erst kurz vor Mittag, also verspätet, in die Werkstatt kam, schaute sie erstaunt, ließ ihren Blick an seiner stattlichen Gestalt entlanggleiten und sah ihm sekundenlang in das Gesicht. In ihrer Mimik zeigte sich Freude, Freude vielleicht darüber, dass endlich auch ein Mann in ihrem Kurs war.

»Sie haben noch nicht allzu viel verpasst. Übrigens, wir duzen uns im Kurs. Sie heißen?«, fragte sie Dr. Arentin.

»Ich bin der Franz«, antwortete er und machte eine halbe Verbeugung in die Runde.

»Über Ton weißt du sicher Bescheid, wenn du dich schon einmal für Keramik interessiert hast, oder?«

»Leider nein, ich habe noch nie getöpfert«, musste er bekennen.

»Nicht, dann noch einmal eine kurze Zusammenfassung. Eine Wiederholung für die anderen kann auch nicht schaden. – Wir arbeiten hier mit Ton, einem Verwitterungsprodukt von Granit, der aus Quarz, Feldspat und Glimmer besteht. Die Glimmerplättchen glitzern ein wenig im festen Granitgestein, wenn die Sonne auf sie trifft. Sicher hast du das schon einmal gesehen. Ton ist also, vereinfacht gesagt, verwittertes Gestein. Die plastischen Tonteilchen aus dem Feldspat machen die Masse durch Aufnahme von Wasser formbar. Aus dem Quarz entsteht eine nicht plastische Komponente, die ein Gerüst gibt, wie das Moniereisen im Beton. Der sogenannte fette Ton enthält viel verformbares Material und der magere dagegen wenig. Je nachdem, was für einen Gegenstand man machen will, wählt man eine von den beiden Tonarten. – Also fang jetzt mal an! Grau ist alle Theorie. Du hast Ton, wie ich sehe. Ton kann man kneten ... ziehen ... drücken ... formen ... und gießen.«

Sie führte die Methoden bis auf das Gießen jeweils kurz vor.

»Knete du also zuerst mal deinen Ton kräftig durch, damit du ein Gefühl für das Material bekommst, und dann komme ich wieder zu dir.«

Nach einer Viertelstunde kam Helga zurück. Sie trug eine große schwarze Gummischürze, unter der alle ihre Kleidungsstücke verschwanden und unter der ihr warm geworden zu sein schien, denn der Schweiß stand ihr auf der Stirn. Ihre Hände und ihre Unterarme waren mit Ton verschmiert.

»Genug, genug«, sagte sie lachend. »Hast du dir schon überlegt, was du machen willst? Grundsätzlich sollte man beachten, dass Form und Funktion eines Gegenstandes im Einklang stehen müssen. Das ist eine eiserne Regel, wenn der Gegenstand ästhetischen Ansprüchen genügen soll. Am besten fängst du mit einer kleinen Schale an. Dazu drückst du eine nicht zu große Tonkugel platt, machst eine Platte und daraus einen runden Boden. Anschließend formst du dünne Stränge aus dem Ton. Diese Würstchen schichtest du auf dem Boden ringförmig übereinander auf und verstreichst sie.«

Franz Arentin vergaß bald seine Umgebung und bearbeitete den Ton, gab ihm immer andere Formen und dachte nicht darüber nach, ob ihm das »Gebatze«, wie es der Herr mit Jagdhund zu nennen beliebte, wirklich gefiel, denn er war zum spielenden Kind geworden.

In den nächsten Tagen entstanden unter seinen Händen immer größere und anspruchsvollere Gegenstände. Helga hatte gebeten, möglichst große Stücke zu töpfern, damit der Brennofen später auch voll werden würde.

Anke Arentin malte in dem zu engen Atelier. Prof. Itzinger hatte Töpfe und Tiegel aufgestellt, ein ausgestopfter, zerrupfter Auerhahn stand auf einem Podest. Daraus sollten Stillleben komponiert und mit den mitgebrachten Farben gemalt werden.

Draußen plätscherte pausenlos der Regen, sodass wenig Licht durch die nicht sehr großen Fenster fiel, an denen das Wasser pausenlos entlangströmte. In der Natur konnte bei dem Wetter natürlich nicht gemalt werden und so sank die Stimmung im Atelier bald auf einen Tiefpunkt, zumal es in dem alten Gemäuer empfindlich kühl wurde. Es war schon Ende August und damit der immer nur mäßig warme Sommer hier eigentlich vorbei. Am Morgen waberten schon Nebelschwaden über den Teichen und die ersten klebrigen Spinnfäden flogen durch die Luft.

»Altweibersommer«, sagte eine Kursteilnehmerin, »dann ist es im Waldviertel eben so, wie es jetzt ist.«

Die meisten anderen Frauen sahen das nicht so gelassen. Sie hatten schon mehrere Kleidungsstücke übereinander angezogen und froren trotzdem erbärmlich, sodass eine Abordnung zur Stiftsverwaltung geschickt wurde, die das Heizen einforderte. Was mäßig willig auch erfolgte.

Das Ehepaar Arentin sah sich oft nur am Abend, wenn man sich im Gemeinschaftsraum zusammenfand. Der war an jener Stelle ausgebaut, wo einmal die Kutschpferde der Chorherren ihre Bleibe hatten. In diesem Raum wurde auch gefrühstückt.

Fritz, der Professor, war immer dabei. Er war eine barocke Persönlichkeit. *Carpe diem*, pflücke den Tag, hätte sein Lebensmotto sein können. Er konnte genießen, wandte sich dem Augenblick zu bei gutem Essen, Wein, Weib und … auf den Gesang verzichtete er, wie er seinen Kursteilnehmern erklärte, weil ein Prämonstratenser Chorherr in einer Sache enthaltsam sein muss und er sich dem Orden zugehörig fühle.

Er war ein ausgezeichneter Koch und sorgte für einen Teil der Zutaten für seine Gerichte selbst, denn zum Kloster gehörte ein Jagdrevier, in dem er jagen durfte. Früh morgens ging er um vier Uhr zum Beispiel auf Wildschweinjagd. Das begründete er damit, dass schon in der Mittelsteinzeit, also lange vor Christus, diese Jagd zur Nahrungsbeschaffung üblich gewesen sei. Ob er sich an das Wild heranpirschte oder irgendwo auf einem Ansitz wartete, bis er zum Schuss kam, wusste keiner von den Kursteilnehmern und interessierte auch niemanden. Allen ging es nur um das Wildfleisch, das Fleisch, das möglichst delikat zubereitet am Abend auf den Tisch kommen sollte. So gab es Wildschweinbraten in Rotweinsoße, Rehragout und Muffelgulasch. Beim Kochen standen die jüngeren Kursteilnehmerinnen als Helferinnen allzeit bereit, auch um in der Nähe des großen Meisters zu sein.

Einmal sollte es gebratene Stockenten geben, und die Frau des Herrn mit Jagdhund, die Paula hieß, hatte das Kochen übernommen. Es war viel Aufwand, da das Federvieh ja erst gerupft werden musste. Geduldig warteten alle auf das Essen. Einigen knurrte schon hörbar der Magen und dann … kein Entenbraten, kein Fleisch. Es hatte sich beim Braten einfach davongestohlen und eine Haut zurückgelassen, aus der man allenfalls noch Schuhe hätte machen können. In der kleinen Küche gab es offenbar nicht das richtige Backrohr für diese Art der Zubereitung.

Ein ähnlicher Versuch mit Blesshühnern schlug ebenfalls fehl. An diesen Abenden blieb dann nur die österreichische Extrawurst, die Brühwurst aus dem kleinen Kolonialwarenladen, die auch der Hund des Jägers gern aß.

Zum Herunterspülen der vielleicht nicht so gelungenen Gerichte standen aber immer Getränke bereit. Vorwiegend war es grüner Veltliner, der in der Gegend gekeltert wurde.

Für Franz Arentin kam bald der Höhepunkt seiner Bemühungen im Keramikkurs. Die an der Luft getrockneten Tongefäße wurden gebrannt, denn es musste ja ein wasserdichter Scherben entstehen.

»Wir machen es wie die alten Römer«, verkündete Helga, sie hatte an einer Seite des Platzes die ersten Ziegelsteine aufgesetzt. »Das Vorbild für meinen Ofen hier sind die Keramikbrennöfen aus dem 3. Jahrhundert vor Christi, die man bei Ausgrabungen römischer Siedlungen gefunden hat.«

»Also waren es wohl doch die Römer mit oder ohne Sklaven, wie der Herr mit Hund behauptet hatte«, dachte Franz Arentin amüsiert.

Diesem selbst gebauten Ofen sollte er nach all der Plage seine kostbaren Stücke anvertrauen? Doch Helga diskutierte darüber nicht und ließ mithilfe aller die getrockneten Formkörper im Bauch des Ofens verschwinden. Eine junge Kursteilnehmerin dichtete:

»Zum Brand ist alles hergerichtet.
Der Ofen mit Lehm und Ziegeln abgedichtet.
Mit Ausdauer und Muskelkraft
Wird richtiger Kien hergeschafft.«

Der Ofen hatte drei Feueröffnungen und vor jeder war der umgebende Rasen platt getreten. Hier brannten bald kleine Feuer, die zuerst durch Holzspäne, den Zunder, ruhig vor sich hin flackerten, dann aber durch die Feuchtigkeit in dem hinzugefügten Kienspan laut knisterten und knackten. Die Wärme, die sie auch an die Umgebung abgaben, ersparte an dem kühlen Tag den Kursteilnehmern dickere Kleidung und erwärmte langsam die Tongefäße.

Die offenen kleinen Feuerchen, die vor dem Ofen hell auflodertern, waren ein Fest für alle Sinne und eine Augenweide, sodass die etwas müden Töpfer selbstvergessen in die züngelnden Flammen schauten, bis Helga sie aufscheuchte und unsanft aus ihren Gedanken riss.

»Los, los, die Glut ... die Glut muss in die Ofenlöcher«, rief sie, »und mehr Holz ... noch mehr Holz, heizen ... immer weiter heizen!«

Im Ofen stieg die Temperatur langsam an und damit auch der Druck, denn dünne Rauchfahnen kringelten sich wie Spinnfäden an verschiedenen Stellen aus Rissen der lehmbeschichteten Außenwand.

»Da, rechts unten, schnell, schnell, Lehm«, rief Erika, die das überwachen sollte. Eine blonde Frau warf Lehm, der aber auf dem Riss nicht haften blieb und herunterkleckerte.

»Los, los, weitermachen«, kommandierte Erika aufgeregt.

Bald warfen alle Lehm auf den Ofen, hier, da und dort hin. Wenn er haften blieb, verschmierten sie ihn, die einen etwas riskant mit der ganzen Hand und die anderen vorsichtig mit einzelnen Fingern, um so die Risse zuzukleistern, aus denen der Rauch entwichen war.

Und es wurden weiter Holzscheite auf das Feuer gelegt und so geheizt, geheizt und immer weiter geheizt.

»Schluss! Kein Holz mehr nachlegen«, kommandierte Helga unvermittelt und das Feuer erlosch langsam. Der Ofen wurde sich selbst überlassen und kühlte über Nacht ab.

Gespannt kamen am nächsten Morgen alle herbei, umstanden den Ofen, als Helga ihn vorsichtig öffnete und Erika schrieb:

Der Römerofen

Gebrannte Teile im geöffneten Ofen

»Und nach langer Wartezeit
ist es dann endlich auch so weit,
den Ofen zu zerschlagen
und einen Blick hinein zu wagen.
Ein Aufschrei wie aus einem Munde,
kommt von der ganzen Runde:
Das Meisterwerk ist wohl gelungen
Und dabei wenig auch zersprungen.
Höllisch wie von Teufelshand
liegt vor uns der schwarze Brand.«

Damit war wohl alles gesagt, aber eine ältere Dame musste noch hinzufügen: »Wohltätig ist des Feuers Macht, wenn sie der Mensch bezähmt, bewacht.« Franz Arentin lächelte.

Da er sich beim Heizen besonders verdient gemacht hatte, verlieh man ihm einen kleinen runden Orden als Feuerwerker, der einer Schießscheibe nachempfunden war.

Als er damit zu Anke kam, sagte die lachend:
»Endlich hast du einen Orden bekommen. Das wurde ja auch mal Zeit!«

»Wie war dein Urlaub«, fragte ein befreundeter Kollege Franz Arentin, als er wieder an seiner Arbeitsstelle war.
»Kann ich deine Gemälde bewundern?«
Da musste er bekennen, dass er getöpfert hatte und dass aus dem Malen nichts geworden war.
»Warum das?«
»Der Malkurs war überbucht. Wir waren nur noch hineingerutscht, weil wir einen für uns unbekannten Fürsprecher hatten. Das Sekretariat hatte uns schon mitgeteilt, dass man uns nicht mehr aufnehmen könnte, selbst wenn wir ein Empfehlungsschreiben vom Papst hätten. Meine Frau hatte unsere Bewerbung um einen Platz sehr dringend gemacht und gute Gründe angegeben. So hätte ich auch malen können, aber in dem Atelier war es mir einfach zu eng.«

IV. Kapitel

Im Spätsommer des nächsten Jahres wollten die Arentins wieder in das Land der Stille und des Regens, aber Franz Arentin bekam kurz vorher einen dienstlichen Auftrag in Südfrankreich, den er mit einem Urlaub hätte verbinden können. Zu seiner Freude hatte sich auch eine seiner Töchter aus seiner ersten Ehe angesagt. Sie hätte er gern dorthin mitgenommen.

»Wir Drei zusammen im Auto die vielen Kilometer nach Toulouse?«, gab Anke zu bedenken.

»Das ist sehr kompliziert! Wir sollten umdisponieren. Ich kenne deine Tochter Charlotte kaum und du hattest in letzter Zeit auch wenig Kontakt zu ihr. Ein gemeinsamer Malkurs wäre vielleicht eine gute Möglichkeit, sich langsam wieder anzunähern.«

Franz Arentin ließ sich überzeugen, und als seine Tochter ein paar Tage bei ihnen war, sagte er zu ihr:

»Meine Frau will Ende August wieder einen Malkurs und ich einen Keramikkurs in dem Stift machen, in dem wir im vergangenen Jahr gewesen sind.«

»Wollt ihr etwa wieder nach Geras und in dieses komische Stift?«, fragte seine Tochter misslaunig.

»Richtig!«, antwortete ihr Vater. »Es liegt sehr schön und es gibt in der Nähe einen See mitten im Wald.«

»Stift, ist das nicht so etwas wie ein Kloster und ist das nicht am Ende der Welt?«

»Ich weiß nicht, was für dich das Ende der Welt ist, Charlotte. In einer Weltstadt liegt es sicher nicht. Ich zeige dir auf der Karte, wo der Ort Geras genau liegt«, sagte Franz Arentin.

»Und wenn ich das Wort Kurs schon höre. Ich wollte mit meinem

Freund Karl irgendwo am Meer zelten. Mit Seen im Wald kannst du mir daher gestohlen bleiben. Das sind reine Mückenpfuhle«, hatte Charlotte weitere Einwände.

»Übrigens man kann dort auch reiten«, ergänzte Anke, um ihr die Sache doch noch schmackhaft zu machen.

»Wer weiß, was das für lahme Zossen sind. Richtige Reitpferde sicher nicht.«

Zum Schluss fuhr Charlotte doch mit, malte und fand dabei andere Gesellschaft. Sie hatte lange Gespräche mit ihrem Vater, den das auch deshalb freute, weil alles so verlief, wie es sich Anke wohl erhofft hatte.

Charlotte übernachtete außerhalb des Stiftes in einem Häuschen, das sie erst nach einigem Suchen gefunden hatten. Es lag in einem kleinen Garten mit üppig blühenden Sonnenblumen und Dahlien. Das Haus war großenteils von Efeu überwachsen und wirkte sehr behütet, aber eigentlich nicht so, als könne es ein freies Zimmer haben. Charlotte klopfte an die Haustür. Zuerst rührte sich nichts. Dann hörten sie leises Schlurfen und ein Schlüssel drehte sich im Schloss. Als die Tür aufging, stand eine alte Frau im Eingang. Sie hatte ein schwarzes Kopftuch über die Haare gezogen und ein graues, gestricktes Tuch umschlang ihre Schultern.

»Kommen Sie wegen des Zimmers?«, fragte sie und musterte Charlotte unverhohlen. Zögerlich ließ sie die Arentins ein.

»Wir müssen nach oben gehen«, sagte sie mit rauer Stimme und führte Charlotte eine steile Stiege in das Dach hinauf, wo ein kleiner Raum war, in den gerade ein Bett, ein Tisch und ein Stuhl hineinpassten.

Das Ehepaar blieb im Flur stehen. Charlotte kam mit der alten Frau bald wieder herunter und schien ganz zufrieden mit ihrem Quartier zu sein.

Franz Arentin malte nicht wie seine Frau und Tochter, denn es zog ihn wieder zur Keramik. Zu Beginn des Kurses schloss er sich zwei Frauen an, die ausgebildete Keramikerinnen waren und Tongefäße auf besondere Weise brennen wollten. Daran war er interessiert und deshalb suchte er mit ihnen eine geeignete Stelle auf einem Hügel dafür aus.

»Hier müsste es gehen«, sagte die Ältere von beiden mit Namen Elsa, die einen dicken, grauen Wollpullover an und ein geblümtes Kopftuch über ihre Haare gebunden hatte. Elsa nahm einen der beiden Spaten, die sie mitgebracht hatte, gab Franz Arentin den anderen und so gruben sie gemeinsam eine kreisrunde Rinne. Die jüngere Frau, Jana, in einem roten Trainingsanzug, der ihr etwas zu groß um den Körper schlabberte, stand mit einem ungebrannten Tongefäß daneben und wartete. Franz Arentin hatte einen Sack mit Sägespänen mitgebracht und Elsa einen Korb mit ungebrannten Tonschüsseln. Diese legten sie vorsichtig in die Rinne und deckten sie mit Späne und Erde ab. In der Mitte der kreisrunden Grube schichteten sie Scheite auf, die inzwischen ein junger Mann gebracht hatte, entzündeten ein Feuer, das laut knisterte und knackte und bei einbrechender Dunkelheit geheimnisvoll die Umgebung erhellte, sodass es Teilnehmer aus anderen Kursen, unter ihnen zwei nicht mehr ganz junge Männer, anlockte.

Mit ihnen saß Franz Arentin später allein um das Feuer, bis nur noch die Glut einen warmen Schein auf die Gesichter zauberte. Sie erzählten sich viel von ihrem Berufsleben und ihrer Karriere.

»Erdmann, ich bin Geodät«, hatte sich der eine der beiden vorgestellt. »War viel in der Welt unterwegs.«

»Ein Geometer, der die Erde vermisst und einteilt«, sagte lachend der andere. »Bender, ich bin Brückenbauer. Früher, wie Sie wissen, reichten den Menschen Baumstämme, um Flüsse zu überqueren. Heute hat man andere Wünsche, man will tiefe Schluchten, breite Wasserstraßen und noch vieles mehr bequem passieren. Dadurch ist natürlich das Brückenbaumaterial ein anderes geworden. Im Ausland wurde ich mit ungewöhnlichen Baustoffen konfrontiert. Das erforderte oft viel Fantasie. Manche meiner Freunde glaubten, ich sei in fremde Länder aus Abenteuerlust gegangen, aber es waren für mich diese Herausforderungen, die mich gereizt haben. Viel Zeit für irgendwelche Abenteuer und Reisen ist mir dort nicht geblieben. Der Tagesablauf vollzog sich zwischen meinem Büroschreibtisch und dem Baucontainer auf der Baustelle. Ich habe an sechs Tagen die Woche je zehn Stunden gearbeitet. – Und das kennen Sie sicher auch«, wandte er sich an den Geodäten, »mit Menschen aus anderen Kulturen zu arbeiten, sie zu verstehen und mit ihnen richtig umzugehen, das ist nicht einfach. Sie haben andere Vorstellungen von der Arbeit und dem Nichtstun wie auch von Pünktlichkeit.«

»Ich war drei Jahre als Chefingenieur beim Aufbau einer deutschen Lastkraftwagenfirma in Ägypten tätig und kenne die Probleme auch«, mischte sich Franz Arentin ein, »später aber technischer Direktor bei der Ilseder Hütte in Peine und anschließend bei Schüco in Bielefeld, der bekannten Fensterfirma. Ich war also nicht so lange im Ausland wie offenbar Sie beide.«

In einem Punkt waren sich die drei Männer einig: dass ihr bisheriges Leben doch nicht alles gewesen sein konnte. Es musste noch etwas anderes geben als den Beruf, der ihnen kaum Zeit gelassen hatte für andere Aktivitäten. Wo war in all den Jahren die Freizeit gewesen, die Stunden ohne Verpflichtungen?

»Worin liegt eigentlich der Sinn des Lebens?«, fragte der Geodät unvermittelt.

»Ich weiß es nicht, aber macht nicht der den besten Gebrauch von seinem Leben, der sich einer Sache widmet, die ihn überdauert?«, antwortete der Brückenbauer.

»Rabindranath Tagore, der indische Philosoph, hat einmal gesagt: ›Wer Bäume setzt, obwohl er weiß, dass er nie in ihrem Schatten sitzen wird, hat zu mindestens angefangen, den Sinn des Lebens zu begreifen.‹«

Das blieb so stehen, denn die Sonne kroch über den Horizont und die Gegenstände nahmen wieder Gestalt an. Die Gesichter der drei Männer tauchten aus dem Dunklen auf.

Nicht mehr mit Scheiten gefüttert, fiel die Glut zusammen und erlosch.

»Es wird Zeit, noch ein wenig zu schlafen. Wir müssen unser Gespräch ein anderes Mal fortsetzen. Wir proben morgen früh ein neues Musikstück«, mahnte der etwas knochige, mittelgroße Brückenbauer mit einem Bürstenhaarschnitt und ging mit dem großen, etwas korpulenten Landvermesser in der Morgendämmerung davon, aus der die zwei Frauen wieder auftauchten. Elsa hatte noch eine Jacke über ihren Pullover angezogen. Jana schien nicht zu frieren, denn sie kam wieder im roten Trainingsanzug. Sie saßen noch eine Weile mit Franz Arentin um das erloschene Feuer und gruben dann mit ihm gemeinsam vorsichtig die Schalen und Töpfe aus der Asche.

»Dieser alte Indianerbrand ist nicht gelungen«, sagte Elsa etwas traurig, »das Feuer hat zwar dekorative schwarze Spuren auf der Oberfläche der Schalen hinterlassen, aber gebrauchen kann man sie nicht.«

»Wie das?«, fragte Jana.

»Bei der Verbrennung von Holz entsteht Kohlendioxid, das hier zu schwarzem Kohlenstoff reduziert wurde und die dekorativen, dunklen Spuren hinterlassen hat, aber dicht ist die Keramik nicht.«

V. Kapitel

Am nächsten Tag wartete in der Werkstatt neben zwei Tischen die Kursleiterin. Sie hatte über einer blauen Jeans eine weite karierte Bluse an, auf deren Kragen sich ihre langen dunklen Haare stauchten. Die Augen in ihrem braun gebrannten Gesicht waren auf die Tür gerichtet, sie lächelte ein wenig verkrampft, wenn wieder eine der Frauen hereinkam. Als Franz Arentin eintrat, wendete sie kurz den Blick und ging zu dem vorderen der beiden Tische, auf denen kleine Werkzeuge und der Ton verteilt lagen. Sie nahm dort eine Tonkugel in die Hand. Nach einer kleinen Pause, in der noch ein Mädchen eintrat, sagte die Kursleiterin, die sich mit Namen Gabi vorgestellt hatte:

»Ton bietet ungeahnte Möglichkeiten, sich auszudrücken, aber das wissen Sie sicher bereits. Doch wie in Japan Teeschalen hergestellt wurden und zum Teil auch noch werden, wissen Sie vermutlich nicht. Dem wollen wir heute nachgehen. Ein japanischer Handwerker hat einst unter Leitung des Teezeremonienmeisters Sen no Riky mit der Daumenmethode – in eine Kugel aus Ton wird der Daumen gesteckt und mit den anderen Fingern der Hand der Ton bearbeitet – schwarze Teeschalen hergestellt. – »So«, sagte sie und führte es vor.

»Dabei konzentrierte sich der Mann allein auf den Gegenstand, die Schale, schaltete alle anderen Gedanken aus, war ganz ruhig und völlig versunken in sein Tun. Die Gefäße, die so bei einer Art Meditation hergestellt wurden, bekamen im alten Japan ein goldenes Siegel, das Zeichen Raku. Raku bedeutet im Japanischen unter anderem Liebe und Einfachheit. Beides sollte durch die Schalen in die Teezeremonie einfließen, zu der sie gedacht waren.«

Bald standen viele Gefäße zum Trocknen in einer Kammer. Ob sie nach dem japanischen Ritual entstanden waren, war nicht nachprüfbar.

Indianer Brandgefäss (F.A.)

»Wir müssen die Gefäße schrühen, wie man das erste Erhitzen nennt, damit der Scherben langsam dicht wird«, sagte Gabi.

»Die Temperatur im Ofen darf nur langsam steigen, sonst dehnt sich das im Ton gebundene Wasser zu plötzlich stark aus und die Gegenstände werden in Stücke gerissen.«

So heizten sie vorsichtig, bis die Steuerung 500 °C zeigte, die Tongefäße glühten und im Dunkeln leuchteten. Die Temperatur stieg auf 800 °C.

»Jetzt werden der Rest des Wassers, das Kohlendioxid und die organischen Hilfsstoffe ausgetrieben. Die tonigen Bestandteile zerfallen und ihre Bruchstücke verbinden sich neu, bilden Kristalle. Aus dem Feldspat aber entsteht eine Art Glas, das sie verkittet«, erklärte Gabi, was sich unsichtbar und doch Geheimnisvolles tat.

Die Glasuren für die Gefäße hatte Gabi schon vorbereitet. Es war eine Wissenschaft für sich und Franz Arentin interessierte im Augenblick nur, wie man die Glasur auftrug und welche Farbe sie am Ende hatte.

»Sie können die Glasur ausgießen oder übergießen«, dozierte Gabi. »Also hier zunächst das Ausgießen!«

Sie hatte ein hohles Gefäß am Boden gefasst und zur Hälfte mit Glasur angefüllt, es dann schräg gehalten und langsam gedreht, sodass die Glasur über den Rand floss. Die an ihm hängenden Tropfen verstrich sie mit einem Finger.

»Und nun das Übergießen«, sagte Gabi und ging an einen anderen Tisch. Dort hatte sie eine Schüssel hingestellt, über das sie ein Gitter gelegt hatte, auf das sie ein Tongefäß kopfüber stellte. Dann goss sie Glasur darüber.

»Wenn ihr genügend Glasur habt, könnt ihr die Stücke natürlich auch eintauchen. Habt ihr nur wenig, lässt sie sich mit einem langhaarigen Pinsel auftragen. Man kann vorher auch Schablonen auflegen oder aus Wachs Muster auf die Scherben malen. Es gibt viele Möglichkeiten. Hinterher müssen die Gegenstände wieder erhitzt werden, bis sie bei 1000 °C rotglühend werden. Dann muss ich sie mit einer langen Zange aus dem Ofen nehmen und schnell in eine Blechtonne stecken, die mit Stroh und Laub gefüllt ist.« Es rauchte und qualmte dramatisch aus dem zugedeckten Fass, als Gabi sie hineingab. Der Inhalt hatte Feuer gefangen. Alle gingen erschrocken in Deckung, bis das Qualmen nachließ und man die Gefäße herausnehmen konnte. In kaltes Wasser getaucht und gesäubert hatten die Glasuren ein interessantes Krakele. Im Zusammenspiel von Feuer, Erde, Luft und Wasser war ein kleines Kunstwerk entstanden.

Passung (Rakubrand, F.A.)

VI. Kapitel

»Die Gasse ist aber schmal. Ist das hier auch richtig?«, fragte Franz Arentin seine Frau, die ihn wieder gelotst hatte.
»Ja, fahr nur weiter, ich habe unten an der Kreuzung Parmessergasse gelesen. Es muss also richtig sein.«
Bald sah Anke eine Autoeinfahrt und eine Gartenpforte, an der die Hausnummer 10 angebracht war.
»Wir sind da«, sagte sie erleichtert.
Als sie klingelte, bellte der Hund und kam ihr mit seinem Herrn mit dem Schwanz wedelnd entgegen. Paula stand in der Eingangstür des Hauses. Sie lebte schon, seit sie pensioniert war, hier in der alten Villa außerhalb Wiens, die kaisergelb gestrichen war und dunkelgrüne Läden hatte. In den Blumenkästen an den Fenstern blühten üppig rote Geranien und weiße Petunien. Die Eheleute Arbesser waren Ärzte, Konrad war noch als Hals-Nasen-Ohren-Arzt tätig, Paula war Schulärztin gewesen. Die beiden hatten auch eine große Eigentumswohnung im Zentrum von Wien, in der sie sich aber nur noch selten aufhielten.
Paula führte die Gäste in das Haus und zeigte ihnen, wo sie sich die Hände waschen konnten. Da sich die Arentins etwas verspätet hatten, sollte es gleich zu Tisch gehen.
Die Hausherrin servierte zuerst eine Frittatensuppe und dann als Hauptgericht Tafelspitz mit Apfelkren und Röstkartoffeln. Franz zuliebe gab es zum Nachtisch Marillenknödel. Er hatte Paula verraten, dass er sie besonders gern mochte, weil sie ihn an seine Mutter und seine Heimat, das Sudetenland, erinnerten.
Da die Marillenknödel nicht mehr ganz heiß waren, als sie auf den Tisch kamen, kam bei Konrad der Wiener Grantler durch.
»Na ja, die Italiener«, sagte er, »was verstehen die schon von Marillenknödeln.«

Das blieb zunächst unverständlich, bis Paula erzählte, dass ihre Vorfahren aus Triest stammten, das im Friaul gelegen einmal zur österreichisch-ungarischen Monarchie gehört hatte.

Nach der Mahlzeit führte Konrad die Gäste in sein Reich, das Jagdzimmer, damit Paula in Ruhe abräumen konnte. Dort zeigte er voller Stolz die Jagdtrophäen, die an den Wänden hingen. Die Arentins kamen in große Verlegenheit, denn ihnen fehlte jeder Bezug zu Gehörnen von Rehböcken, Geweihen von Rot- und Schaufeln von Damhirschen, die Konrad offenbar erlegt hatte. Auch an den »Kümmern«, den fehlerhaften Geweihen, die besonders wertvoll sein sollten, konnten sie nichts Interessantes finden. Konrad sprach von Acht-, Zwölf- und Sechzehnendern, von Bachen, vom Balzen und von der Brunft, zeigte stolz das »Gewaff«, die Eckzähne eines männlichen Wildschweins, eines Keilers. Als sie dann endlich bei Marillenschnaps jeder in einem der breiten schwarzen Ledersessel saßen, fühlten sie sich zwischen all den Knochen an den Wänden äußerst unbehaglich und hätten gern die Flucht aus diesem für sie nach Pulverdampf riechenden Zimmer ergriffen.

Paulas Reich dagegen, das Damenzimmer, war mit seinen Biedermeiermöbeln und einer Seidentapete mit geblümten Streifenmuster an den Wänden sehr gemütlich. In der Mitte stand ein runder Tisch aus Kirschholz mit einem schweren Mittelfuß. Das mit einem hellen Stoff bezogene Sofa hatte Volutenfüße, gepolsterte Arm- und eine geschwungene Rückenlehne und an den Seiten lagen Kissenrollen mit kräftig roten Troddeln. In diesem Raum hatte Paula den Kaffeetisch mit Porzellan, bemalt mit der Wiener Rose, gedeckt, es gab einen guten Kaffee und Schaumrollen.

Während Konrad den Jagdhund Bauxi ausführte, zeigte Paula alle ihre selbst gemalten Bilder, die im Haus verteilt an den Wänden hingen, und auch ein Ölbild von Fritz, dem Kursleiter im Stift. Zum Anschauen von Paulas Malereien waren sie eingeladen und gekommen.

In dem dreitausend Quadratmeter großen Grundstück, das sich irgendwann in einem Waldstück verlor, warteten die Arentins auf den Herrn mit Hund und Paula zeigte inzwischen ihre Kräuterbeete.

»In den letzten fünfzig Jahren haben wir uns sehr weit von unserer natürlichen Umwelt entfernt«, sagte sie, »sodass wir aus den Augen verloren haben, welche Schätze die Natur birgt. Ist es nicht besser, den Krankheiten vorzubeugen, als sie zu heilen? – Übrigens gibt es in der Nähe des Stiftes einen Kräuterpfarrer, von dem könntet ihr schon gehört haben. Er schreibt Bücher, macht Radiosendungen, ist im Fernsehen zu sehen. Er soll ein Millionenpublikum haben. Heute ist er Prämonstratenser Chorherr und im Abtrat des Stiftes Geras. Er war früher einmal ein Salesianer Don Boscos. In der kommenden Woche kommt er zu einem Vortrag in das Stift. Es lohnt sich, ihn anzuhören. Er war fünfzehn Jahre als Missionar in China und spricht fließend Chinesisch. Aus seinen Büchern habe ich einiges gelernt. Man stellt ihn schon heute in eine Reihe mit den ganz Großen der Heilkunst wie Paracelsus, Hildegard von Bingen und Kneipp.«

»Missionar in China«, meldete Anke sich interessiert.

»Ja, aber noch als Salesianer Don Boscos. Soweit ich weiß, hatte er ein Pressepostulat auf Formosa, dem heutigen Taiwan, gegründet. Es hieß ›Licht über China‹ und er publizierte Beiträge zu verschiedenen kirchlichen Themen. Er übersetzte auch Jugend- und religiöse Literatur ins Chinesische. Als sich 1949 die politische Situation im Festland China geändert hatte, ging er nach Macao, das damals portugiesisch war. Er war dort Assistent in einem Militärkrankenhaus und später Leiter eines Krankenhauses der Mission. Dort lernte er auch chinesische Medizin kennen. Weil er vom Vatikan den Auftrag bekommen hatte, die chinesischen Akademiker im Exil zu betreuen, kam er durch große Teile der Welt, bis er sich mit Malaria infiziert hat.«

»Und jetzt hat er seinen Altersruhesitz im Waldviertel?«

»Das kann man so nicht sagen, denn er ist noch immer Pfarrer in Harth. Aber ihr könnt ihn kennenlernen. Er hört die Kräuter wachsen und versteht mit ihnen zu plaudern. Für ihn sind sie die Augen Gottes und das Lächeln des Schöpfers«, sagte Paula schmunzelnd.

Ein paar Tage später kam der Kräuterpfarrer Weidinger im weißen Habit und mit einem Strohhut auf dem Kopf. Daran erinnert sich Anke heute noch immer dann, wenn ihr Rasen von den weiß-gelben Blüten der Gänseblümchen getupft ist.

Weidinger erzählte, dass das Gänseblümchen in der nordischen Mythologie der Göttin des Frühlings, der Ostara, geweiht und eine altgermanische Heilpflanze gewesen sei, die besonders am Ende des Winters ihre Wirkung entfaltet. Nach christlicher Mythologie war das Augenblümchen den Tränen Marias entsprossen, die sie auf der Flucht nach Ägypten vergoss.

Die Arentins hatten die Gänseblümchen in ihrem Garten, wenn sie überhand nahmen, als Unkraut bekämpft. Sie mussten aber zugeben, dass die kleinen weiß-gelben Blüten immer wieder malerische Akzente in ihren Rasen setzten.

»Arm ist der Mensch, der die Natur in ihrer friedlichen Gemeinschaft stört und alles ausrottet, was er Unkraut nennt«, predigte der Kräuterpfarrer und Anke erinnerte sich an ihre Großmutter, die zu sagen pflegte:

Dem Bedrückten ist jede Blume ein Unkraut.
Dem Glücklichen jedes Unkraut eine Blume.

»Was verstehen Sie denn unter friedlicher Gemeinschaft?«, fragte eine ältere Dame.

»In der Wiese das Miteinander von Gräsern, Blütenpflanzen und den Tieren wie zum Beispiel den Käfern und Schmetterlingen. Zu dieser Gesellschaft gehören selbstverständlich auch das Gänseblümchen und der Löwenzahn. – Übrigens können das Gänseblümchen und der Löwenzahn Abwechslung in Ihren Speisezettel bringen, wie zum Beispiel das Butterbrot mit einer Mischung aus jungen Blättern des Gänseblümchens und des Schnittlauchs. In Topfen gemischt sind für eine Kur im Frühjahr die Blätter das beste und billigste Blutreinigungsmittel.«

Als besondere Heilmittel pries er auch das Johanniskrautöl, die Veilchentinktur und die Ringelblumensalbe an.

Später saßen das Ehepaar Arentin, Paula und Konrad noch mit dem Kräuterpfarrer allein am Tisch. Da sagte er nach längerem Schweigen:

»Wissen Sie, wir sind alle zu abgebrüht. Wir blicken nicht mehr auf die Natur und die kleinen Dinge des Alltags, die Erlebnisse und die Freuden, die uns jeden Morgen ringsum erwarten. Wir sind nicht mehr fähig, den Augenblick zu genießen, der eigentlich allein zählt. Wir hetzen weiter in eine unbekannte Zukunft. Aber nur wer auch mal stehen bleibt, um zurückzuschauen, unterbricht das ›Gerenne‹ durch das

Leben und wird ein Wanderer mit einem Rucksack auf dem Rücken, der sich mit Erinnerungen anfüllt.«

»Gilt das eigentlich auch für Sie?«, fragte Paula.

Der Pfarrer zögerte einen Augenblick mit der Antwort und sagte dann:

»Ich freue mich auf jeden Tag, den der Herr mir schenkt. Ich möchte jeden Tag für Ihn und viele andere Menschen da sein, bis zu meinem letzten Atemzug.« Nach einer Pause ergänzte er:

»Aber den Tod kann und will ich auch nicht ausklammern ... Ich freue mich auf das ewige Leben.« Und dann zitierte er aus seinem Tagebuch:

So möcht' ich sein

So wie das Feuer
im Ofen brennt,
erwärmt
und stirbt,
möchte ich sein.

Wärme spenden,
Kälte vertreiben,
still im Dienste
mich verzehren,
so möchte ich sein.

Leben und leiden

»Eine imponierende Persönlichkeit in seiner Schlichtheit. Er zwingt sein Gegenüber schon, sich mit dem eigenen Leben auseinanderzusetzen!«, sagte Anke, als sie sich mit ihrem Mann bedankt und verabschiedet hatte und sie auf dem Weg zu ihrem Zimmer waren.

»Der Kräuterpfarrer ist eben im Grunde noch immer Missionar. Paula hat ja erzählt, dass er sich immer wieder zu Wort meldet, sowohl mit einer täglichen Kolumne in der Kronen Zeitung wie auch mit vielen Vorträgen«, erinnerte sie ihr Mann. »Mit seinen Büchern möchte er seine Leser nachdenklich machen und Wege aufzeigen zur Religion, zu Gott.«

Ich bin eine Ringelblume
Leben aus der Natur
In Gold geprägt Aufatmen der Seele
Trotz allem Heilkraft des Lächelns
Augenblicke, Wege zu sich selbst

»Wenn ich vielleicht auch nicht unmittelbar damit etwas anfangen könnte, so sind sie doch für andere Menschen sicher Lebenshilfen. Er hat viel erlebt und kann mit seiner Lebenserfahrung und seinen Kenntnissen aus den Vollen schöpfen«, ergänzte Anke.

Ein paar Jahre später fiel Franz Arentin ein Artikel aus der Kronen Zeitung in die Hände und er las ihn in Auszügen seiner Frau vor. Der Titel lautete »… und riefen die Menschen zur Umkehr auf«. Einer der Untertitel war »Beispiele reißen mit«.

Ein Krieg war beendet, ein Volk gedemütigt. Sieben Jahre habe ich sie erlebt, die japanische Besatzungsmacht in China. In Europa war der Krieg schon zu Ende gegangen. In Asien tobte er noch. Dann nahte auch hier das Ende. Es war ein blutiges Ende. Leichen lagen im Ufersumpf des Sikiang-Delta-Gebietes (Westflussdelta). Koreanische und taiwanesische Männer, die unter der weißen Fahne mit rotem Sonnenball (japanische Flagge) gekämpft hatten, umdrängten mich in Fetzen gehüllt. Die Füße voll grässlicher Geschwüre. Ich half, wo ich konnte.

In diesem Elend fiel mir eine Lebensbeschreibung von Mac Talbot, dem Büßer unserer Tage, in die Hände. Sie faszinierte mich und ich übersetzte sie ins Chinesische.

Talbot war ein Trinker, dessen Sinnen und Trachten nur auf Alkohol gerichtet war. Er kam eines Tages zu seiner Mutter und versprach, keinen Tropfen mehr zu trinken. Es geschah das Unvorstellbare. Talbot hielt Wort und büßte für seine Sünden.

Die letzten Zeilen seines Artikels mit der Zwischenüberschrift »Eine geballte Kraft wohnt dem Feuer inne« hießen dann:

> Es (das Feuer) erwärmt alles Erkaltete, durchbricht mit seinem Schein das Dunkel. Erhellt und zeigt den Weg ... Das Wort Gottes ist »Feuer vom Himmel«, brennen will es, Gottes Kraft weitergeben.
> Gottes Feuer in uns bewirkt das Wunder der Bekehrung. Verändert das Antlitz der Erde.

»Siehst du«, sagte Anke, »noch immer der Missionar, und schau, neben dem Artikel ist ein Foto von einer Pflanze, einer Gartenstaude mit großen traubenartigen Blütenständen, dem Diptam, abgebildet. Es ist unterschrieben mit ›Flammen lodern aus duftender Staude‹ und Weidinger hat das so erläutert: ›Die Blume, die auch als wertvolle Heilpflanze gegen Frauenleiden und Fallsucht gilt, hat eine Eigenart. Wenn im Hochsommer die Samen reifen, sondern sie ein entzündbares ätherisches Öl ab, das sich leicht zu kurzem Aufflammen bringen lässt. Ich liebe ihn, den weißen Diptam, weil er mich an den Knecht des Herrn erinnert, an den aus dem Wasser Geretteten, an Moses, der im brennenden Dornbusch die Gottesbegegnung hatte.‹«

»Das ist der Geistliche, der das schreibt, der Gläubige, der auch so denkt und fühlt«, sagte Franz Arentin. »Aber es ist wohl ein langer Weg, wenn man ihn denn gehen will und kann, wie dieser einst einfache Bauersohn aus dem Waldviertel. Ich frage mich: Was ist mit mir? Darauf habe ich im Augenblick noch keine endgültige Antwort.«

VII. Kapitel

Im folgenden Jahr war das Land des Regens sonnig und warm. Im Stiftsgarten hingen die Kläräpfel dicht gedrängt und goldgelb an den Zweigen und fielen saftig geworden unter den Baum in die sanft hin und her schwingenden Gräser, deren reife Samen der Wind verstreute. Die Äpfel, die man aufnahm, rochen und schmeckten nach Sommer.

Überall um das Chorherrenstift Geras sah man Kursteilnehmer mit oder ohne Staffelei die Gebäude zeichnen und malen – wie auch in dem dazu gehörenden Chorfrauenstift Pernegg, das eine Oase der Stille war, in der man die Natur körperlich spüren konnte.

Für manche Menschen war das der richtige Ort zum Fasten.

»Essen und trinken hält Leib und Seele zusammen«, hatte Sokrates einst geschrieben. Fasten bedeutet Verzicht auf Speisen, Getränke und Genussmittel. Es soll den Leib leer machen, damit die Seele empfänglich wird für wesentliche neue Erfahrungen.

Fritz, der Professor, fuhr mit den Kursteilnehmern auch zum Kollmitzgraben und zur Riegersburg und ließ sie dort zeichnen und malen. Für alle besonders attraktive Motive waren der sich immer in anderen Stimmungen zeigende lange See sowie das Muster der Felder ringsum. So auch das von Wäldern umschlossene Städtchen Drosendorf mit seiner vollständig erhaltenen Stadtmauer. Schattige Wege führten von der Altstadt zur Taya, einem Fluss, der für Franz Arentin einmal schicksalhaft gewesen war. Den Hauptplatz der Stadt rahmten alte Bürgerhäuser mit ihren malerischen Barockfassaden. In einem kleinen Park stand neben der Martinskirche der Pranger, der Schandpfahl, das äußere Zeichen der Gerichtsbarkeit.

Konrads Eltern waren hierher zur Sommerfrische gekommen,

Kollmitzgraben, Rohrfederzeichnung coloriert, F.A.

denn es gab und gibt alle Zutaten, die man zum Erholen und vielleicht auch zum Träumen braucht: viel Natur, ein bisschen Stadt, ein Schloss, einen Fluss, sonnige Wiesen, schattige Alleen, blühende Gärten, bewaldete Felsen und ... den Failler, das Gasthaus, »Zum goldenen Lamm«, das für das leibliche Wohl sorgt. Paula und Konrad waren hier inzwischen Stammgäste, weshalb Paula auch oft nicht pünktlich zum Malkurs wieder zurück war. Sie hatten die Arentins und Gerda dorthin zu Salzburger Nockerln eingeladen, damit in Zukunft sie vielleicht zum Essen nach Drosendorf begleiteten.

Gerda war das erste Mal im Stift Geras. Sie war mittelgroß und hatte dunkelblondes, gewelltes Haar, das ein schmales, blasses Gesicht umrahmte. Unter dem weißen Arztkittel, den sie zum Malen trug, wölbte sich deutlich ein runder Bauch. Paula und Konrad redeten sie mit ihrer Amtsbezeichnung Hofrat an. Sie sagte, sie sei die erste Staatsanwältin in Österreich gewesen und ihre Einlassungen zu den Bildern der anderen Kursteilnehmer klangen immer ein wenig nach einem Plädoyer.

Im Stift restaurierte sie alte Gemälde aus Familienbesitz. Der Sommerkurs war die Kür und die Erholung vom Beruf. Doch Abschalten konnte sie nicht, da ihr »ihre Fälle« nachliefen. Sie kam immer wieder, wenn sie mit den Bekannten zusammensaß, auf sie zurück und schilderte ausführlich ihre Ermittlungen. Die anderen kannten sich im österreichischen Recht nicht aus und konnten ihr daher für ihre Geschicklichkeit keinen Beifall zollen, aber sie konnten zuhören.

»Süß wie die Liebe und zart wie ein Kuss müssen nach der Operette von Fred Raymond die Nockerl sein«, sagte Konrad. Er war ein Gourmet, ein Genießer, was man seiner Figur und den Hängebacken deutlich ansah. Paula probierte die Speisen wohl auch nicht nur, denn sie war ebenfalls sehr rundlich. Für sie war es nicht einfach, Konrads Ansprüche in Bezug auf das Essen zu befriedigen. Aber sie schwieg darüber, denn es berührte sie wenig, da sie in sich selbst ruhte. Von Konrad lernten die Arentins bei jeder gemeinsamen Mahlzeit in einem Gasthaus, was dem Koch nicht gelungen war. Er begutachtete im Failler auch mit Kennerblick, ob die Nockerl hoch genug aus der feuerfesten Form ragten, bevor sie zusammenfielen.

Paula nahm eines Abends beim grünen Veltliner eine Einladungskarte zu der Vernissage einer Ausstellung von Fritz Itzinger aus ihrer Handtasche und schob sie Anke über den Tisch zu. Auf der Karte waren ein Foto des Ölbildes »Blaue Blume« und ein Text über den Werdegang Itzingers abgedruckt.

»Fritz ist einer der Begründer des farbdynamischen Realismus«, belehrte Gerda, die Staatsanwältin, die anderen. »Bei ihm sollen die Farben wirken, Emotionen erzeugen und auch Erinnerungen wecken.«

»Ich hätte das Bild ›Blaue Blume‹ auf der Einladungskarte dem Surrealismus zugeordnet«, sagte Anke.

»In der Albertina in Wien hängen Bilder von Itzinger«, machte Paula die Arentins aufmerksam.

»Durch die Originale könnt ihr euch eine bessere Vorstellung machen. Ihr wisst schon, dass die Albertina, ein Kunstmuseum im Erzherzog Albrecht Palais im Zentrum von Wien, die bedeutendste grafische Sammlung der Welt hat?«

»Das habe ich nicht gewusst«, räumte Anke ein.

In diesem Sommer ließ Fritz den Kurs zu Beginn nicht zeichnen, sondern ausschließlich Aquarelle malen.

»Das Motiv müsst ihr, wenn überhaupt, mit leichten Bleistift- oder Pinselstrichen ohne die Malfläche zu berühren vorzeichnen. Gute Aquarellpapiere müssen eine bestimmte Stärke haben und sind daher teuer. Deshalb verteilt das Wasser vorsichtig mit einem nassen Schwamm auf der Oberfläche des Papiers. Die große Kunst dabei ist, dass der Malgrund zum Schluss gerade den richtigen Feuchtigkeitsgrad hat. Er muss glänzen«, dozierte er.

Im Freien bei Sonne oder Wind war das nicht einfach zu erreichen. Auf zu trockenem Papier floss die Farbe aber schlecht und das Aquarell bekam keine Leichtigkeit.

»Beschränkt euch auf die Farben Indisch Gelb, Krapplack, Pariser Blau und Chromoxid feurig Grün«, riet Fritz. »Mit Mischungen dieser vier Farben könnt ihr die meisten Farbtöne erreichen. – Morgen wird übrigens wieder gezeichnet, Akt«, kündigte er an und ließ sie etwas früher als sonst allein.

Am nächsten Morgen stand eine rothaarige Frau am Fenster der Werkstatt, die malerisch in ein blaues Tuch gehüllt war. War sie das Aktmodell? Alle hatten sich das Modell jünger vorgestellt, denn bei großen Malern waren die Modelle doch nach ihrer Erinnerung jung gewesen. Aber das war wohl bei bedeutenden Malern etwas anderes. Nackt stundenlang im Mittelpunkt der Aufmerksamkeit zu stehen, Augenpaare auf sich gerichtet, die Busen, Beine, Bauch und Scham eingehend musterten, war sicher nicht die Sache jeder Frau.

Wie von Fritz am Vortag angeordnet, hatte jeder von den Kursteilnehmern vor sich auf der Staffelei dünne Zeichenblätter übereinander auf eine Platte gespannt. Er kam ausnahmsweise sehr pünktlich und brummelte unausgeschlafen ein »Guten Morgen« in seinen dunklen Bart. Dann begrüßte er überschwänglich die Frau am Fenster, als sei sie eine alte Freundin.

»Das ist Coco, das beste Aktmodell, das es gibt«, stellte er sie vor. »Sie ist extra aus Wien angereist, um hier Modell zu stehen. – Darf ich verraten, wie alt du bist?«, wandte er sich an Coco.

»Ich bin gerade sechzig geworden«, antwortete Coco und drehte sich ein wenig kokett um ihre Achse.

So begann das Studium der menschlichen Gestalt mit einem weiblichen Aktmodell. Coco hatte lange Jahre an der Akademie für angewandte Kunst den Studenten Modell gestanden, wie Fritz verriet. Vermutlich wollte er, der vor seinem Herzinfarkt dort gelehrt hatte, ihr einen kleinen Verdienst zukommen lassen. Üppig war das Salär für diese Art von Arbeit sicher nicht und auch ein echter Knochenjob, wenn das auch für Außenstehende nicht so aussehen mochte.

Coco ließ die blaue Hülle fallen und Fritz bestimmte ihre Stellung. »Kontrapost«, sagte er und etwas von Spielbein und Standbein.

Coco stellte sich in Positur und rührte sich kaum noch, was die Übungen sehr erleichterte. Doch zufrieden war Fritz mit den ersten Zeichnungen nicht, als er an die Staffeleien trat. Bei Franz Arentin monierte er: »So einen Bauch und so lange dürre Beine hat das

Modell nun auch wieder nicht!« Und zu Anke sagte er: »Deine Figur fällt gleich von der Staffelei, Spielbein, Standbein!!« Das bedeutete wohl, dass die Frau, so wie sie sie gezeichnet hatte, nicht sicher auf den Beinen stand.

Mit Coco tranken sie am Abend »Malwasser«, nämlich Himbeergeist oder Zwetschgenbrand, der auch zum Trost im Atelier bereit stand, wenn Fritz ein »Kunstwerk« allzu hart kritisiert hatte und der »Künstler« oder die »Künstlerin« völlig am Boden zerstört waren.

»Sag mal, warum werden eigentlich an der Akademie immer Akte gezeichnet?«, fragte Anke ihren Mann.

»Aktzeichnen mit Modell ist für Anfänger die Königsdisziplin.«

»Das verstehe ich nicht. In Landschaftsbildern müssen nicht unbedingt immer Menschen vorkommen.«

»Darum geht es auch nicht. Es geht um das Üben der Abstraktion aus dem räumlichen Sehen in das Zweidimensionale auf dem Blatt. Man muss die Verkürzungen erkennen und umsetzen. Das trainiert einen Zeichner. Modelle bewegen sich auch und man muss deshalb schnell sein. Dadurch wird der Strich sehr lebendig. Außerdem kann man beim Aktzeichnen auch gut studieren, wie das Licht sich auf einem Körper verhält.«

»Das mag alles stimmen, aber der Tag war heute sehr anstrengend«, sagte Anke müde.

Nach zwei Tagen verließ Coco das Stift und Brigitte, eine junge Malerin, stand Modell. Weil es sommerlich warm war, waren alle mit ihren Staffeleien ins Freie in den hinteren Hof gezogen. Jetzt merkten sie, wie viel einfacher es war, einen nicht mehr ganz so makellosen Körper auf das Papier zu bringen. Brigitte stand auch nicht so ruhig da und änderte öfter die Stellung.

Sie hatte wohl auch jenen Novizen angelockt, der plötzlich zwischen den Staffeleien auftauchte. Es gab im Stift nur wenig junge Männer, obwohl es heißt: Ein Stift ohne Jugend ist wie ein Bauernhof ohne Hühner.

Der Novize ging ungeniert mit einem Blick auf die Aktzeichnungen und Brigitte von einem zum anderen. Keiner nahm zunächst Notiz von ihm, da jeder sich abmühte, bis eine junge Frau, neben der er stehen geblieben war, plötzlich »Oh nein« schrie.

Alle schauten erschrocken auf. Fritz war der Erste, der die Situation erfasste. »Was hast du hier zu suchen?«, brüllte er. » Geh schleunigst dahin, wo du hergekommen bist.«

»Frau ... Mai... sel ... Frau ... Mai... sel ... eine Nachricht für Frau Hofrat Maisel«, brachte der junge Mann gerade noch stotternd heraus und stolperte davon.

Als Nächstes hatte der Kurs ein männliches Modell.

»Der Akt – der nackte Mann oder die nackte Frau – ist eine der ältesten und faszinierendsten Motive der Kunst«, belehrte Fritz seine Schüler und Schülerinnen.

Dagegen war wohl nichts einzuwenden, aber das Üben unter seinen kritischen Augen erforderte einigen guten Willen.

An einem der nächsten Tage stuppelte eine alte Bäuerin herein, die Fritz liebenswürdig begrüßte. Er rückte einen mit Ölfarbe bekleckkten Brettstuhl heran, der sicher sehr unbequem war. Doch die alte Frau setzte sich bereitwillig.

»Du kennst das ja schon«, sagte Fritz, »die alle hier wollen wieder schöne Bilder von dir malen.«

Die betagte Frau mit trüben Augen, die in ihren vielen Runzeln fast verschwanden, nickte ergeben und saß wie eine Statue auf dem harten Stuhl.

»Das ist aber ein sehr expressionistisches Bild, was du da gemalt hast«, sagte Fritz, als er eine Stunde später an die Staffelei von Franz Arentin trat. Der hatte Temperafarben sehr kräftig aufgetragen und dann mit der Rohrfeder und brauner Tusche die Konturen des zerknitterten Gesichtes herausgehoben.

Das eng beschriebene Heft mit Anweisungen und Tipps für besondere Techniken gibt es bei den Arentins noch immer. Fritz, »Fritze, der Professor«, wie er an der Akademie in Wien genannt wurde, war passionierter Lehrer und Künstler zugleich.

Anke erinnerte sich noch oft daran, wie er Ölfarben nach Rezepten der alten Meister angerieben hatte. Ein blaues Silikat, das er in der Vertiefung einer Glasplatte mit einem Mörser pulverisierte, leuchtete mit Öl gemischt, zu Brei geknetet und mit Terpentin vermalt auf der Leinwand in einem intensiven Ultramarinblau.

»So ein Blau bringst du mit Tubenfarben nicht her«, sagte Paula bewundernd.

Paula und Konrad machten die Arentins 1978 darauf aufmerksam, dass im Sommer »Fritze« nicht mehr da sein würde, weil er jetzt die Kunst- und Bildungsakademie in Goldegg bei Salzburg leitete.

Das war ein Paukenschlag.

»Sag mir, warum das?«, fragte Anke Arentin ihren Mann.

Der hatte auch keine Erklärung und sie diskutierten lange über die möglichen Gründe.

»Im letzen Jahr hat er nichts davon erwähnt«, sagten die beiden enttäuscht unter sich.

Der Kommentar im Stift war: »Menschen kommen, Menschen gehen, aber das Stift bleibt.«

Aber damit war wenig anzufangen.

Fritz war den Arentins ein Freund geworden und deshalb besuchten sie ihn auch in Goldegg. Aber nach Goldegg wechseln wollten sie nicht. Sie liebten inzwischen die Atmosphäre des Stiftes, eines Orts, an dem große Künstler ihre Spuren hinterlassen hatten, wie zum Beispiel der berühmteste österreichische Barockmaler Paul Troger im ehemaligen Sommerspeisesaal (Refektorium), dem sogenannten Marmorsaal, über dem Eingangstor des Stiftes mit der »wunderbaren Brotvermehrung«, von dem Deckenfresken in den Stiften Melk, Altenburg und im Brixner Dom stammten.

Nach Goldegg wollten auch die Freunde nicht kommen. Der Provisor, Prior und spätere Abt, der »primus motor«, der »Erstbeweger«, hatte das vergessene Waldviertel, damals noch im Grenzgebiet zum kommunistischen Teil Europas, zu einer Blüte verholfen und Fritz hatte nach dem Verständnis der Arentins auch seinen Anteil daran.

Über »Fritzes« unverhofften Wechsel nach Goldegg kursierten wie immer bei solchen für Außenstehende unverständlichen Veränderungen allerhand Gerüchte, deren Wahrheitsgehalt nicht überprüfbar war.

Die Arentins sahen Fritz nicht wieder, hörten nur noch ein paar Mal durch Paula von ihm. Auf Prof. Fritz Itzingers Grabstein lasen sie wenige Jahre später:

Schönes schaffen
und anderen Freude bereiten,
das ist unsere Aufgabe!
In Gottes Namen.

VIII. Kapitel

Im nächsten Jahr stand als Kursleiter für den Malkurs ein neuer Künstler, Roman Haller, im Programm, der wie viele Männer seiner Zeit eine ungewöhnliche Lebensgeschichte hatte, wie er nach und nach erzählte. Als er zur Welt kam, war das eigentlich nicht der richtige Zeitpunkt für seine Eltern gewesen. Roman war also kein Wunschkind, denn es war noch nicht lange her, dass der Krieg zu Ende gegangen war, in dem die Eltern gehungert und gefroren hatten.

Dieses ihr Kinderelend stand den Eltern Romans noch sehr plastisch vor Augen, obwohl ein paar Jahre nach ihres Sohnes Geburt ihre Heimatstadt Wien zu einer modernen Stadt mit viel Glamour geworden war. Romans Vater war arbeitslos und die Eltern hatten keinen Anteil an der Welt mit Musikreviews und amerikanischen Filmen in riesigen Kinopalästen.

Sie lebten von der Hand in den Mund.

Das machte besonders Romans Mutter unzufrieden, die als Putzfrau Einblicke in jene andere Welt hatte. Sie stieß Roman herum, als sei er an allem schuld. Allein gelassen, flüchtete er sich in Tagträume. Das Nachbarhaus mit einem großen Garten, alten Bäumen und vielen Blumen war durch eine Mauer abgetrennt. Nur durch ein zum Hinterhof hinausgehendes Fenster der elterlichen Wohnung konnte er dieses für ihn unerreichbare Paradies sehen und in Gedanken Luftschlösser bauen, sich eine bessere Welt erträumen.

Da die Atmosphäre in seinem Elternhaus für ihn unerträglich wurde, verließ er es frustriert mit nur siebzehn Jahren und ging zu einem Onkel nach Hamburg, der ihm eine Stelle als technischer Zeichner in der Schiffswerft Blohm + Voss besorgte.

Nach zwei Jahren hatte er wieder Sehnsucht nach seiner Heimatstadt Wien, die inzwischen zum Deutschen Reich gehörte. Es dau-

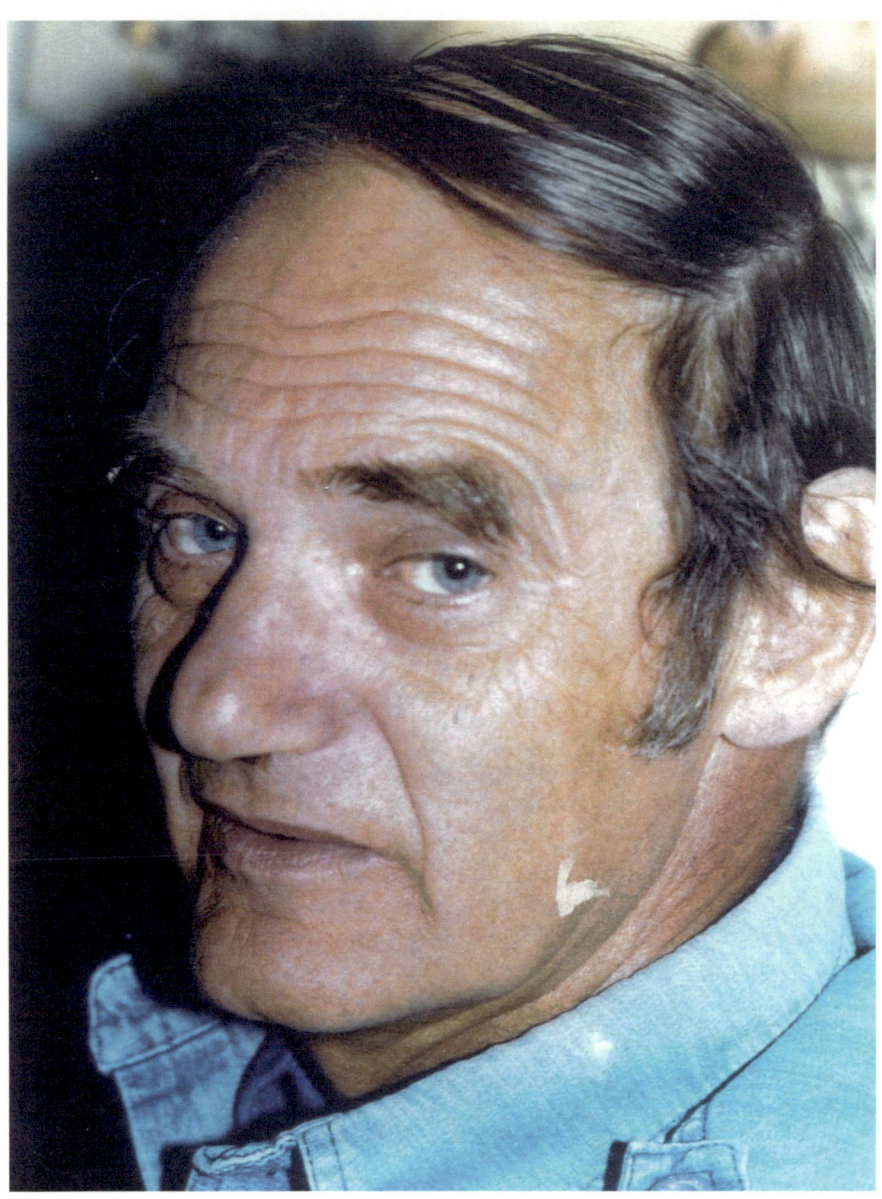

Roman Haller

erte nicht lange, er wurde gemustert und sollte bei der Kriegsmarine Dienst tun.

»Warte nur ab, bald musst du in den Krieg«, warnte ihn sein jüdischer Freund. »Wir müssen Wien dringend verlassen.«

»Wie soll das gehen und wo sollen wir hin?«

»Ganz einfach, zuerst fliehen wir nach Jugoslawien und von dort über Griechenland nach Palästina.«

Das hatten sie sich wohl zu einfach vorgestellt.

In Jugoslawien wurden sie von der Polizei verhaftet und über die »grüne Grenze« nach Italien abgeschoben. In Triest nahm die italienische Polizei Roman fest. An der deutschen Grenze wurde er dem SS-Sicherheitsdienst übergeben und dann durch die geheime Staatspolizei (Gestapo) in Wien verhaftet. Der jüdische Freund war entkommen.

Der Dienst auf einem Kriegsschiff, das durch einen Torpedo eines britischen U-Bootes getroffen wurde, war ein weiteres dramatisches Ereignis in seinem Leben, da die Besatzung sich nur in der letzten Minute retten konnte. Ein Trauma war ihm davon geblieben.

Zwei Monate vor Kriegsende war er desertiert und verbarg sich in einer Badehütte, bis die Rote Armee in Wien einmarschierte.

Mehr als dreißig Jahre später stand Roman dann als Maler mit einem verwaschenen blauen Jeansanzug und einer Hand in der Tasche in einem Atelier im Stift Geras. Seine dunklen Haare waren geschickt über die kahlen Stellen seines Kopfes verteilt und in seine Stirn hatten sich tiefe Falten eingegraben. Er wirkte etwas müde und abwesend. Erst als er meinte, dass alle Kursteilnehmer angekommen seien, kam Leben in ihn.

»Sie wollen bei mir etwas lernen«, sagte er und versuchte zu lächeln. Dann machte er eine längere Pause, als müsse er nachdenken und fuhr dann fort: »Dazu brauchen Sie einiges wie Ölmalfarben, Malmittel, eine grundierte Leinwand und natürlich Pinsel. Wenn Sie das nicht mitgebracht haben, holen Sie sich das bitte gleich im Stiftsladen.«

Die meisten Kursteilnehmer waren keine Anfänger. Die Arentins und Paula hatten bei Fritz schon in Öl alla prima gemalt, was hieß, dass die vorher auf der Palette gemischten Farben zusammen mit dem Malmittel, zum Beispiel Terpentin, direkt und deckend auf die weiß

Änderung der Farbstärke (Öl auf Leinwand, A.A.)

grundierte Leinwand aufgetragen wurden und nicht wie bei den alten Meistern Schicht über Schicht auf einer Grundierung mit roter Tonerde, dem sogenannten Bolusgrund.

Roman Haller hatte für seine Art des Malens Merksätze. Die lauteten zum Beispiel:

Wenig Malmittel macht die Farbe reiner.
Farben sind Essenzen und ohne Weiß nicht zu gebrauchen.
Licht und Schatten entstehen in einem Arbeitsgang durch kontinuierliches Wechseln der Farbstärke.
Jedes Bild muss Rot haben, wie es die Chinesen fordern, für die es die Farbe des Lebens ist.

Das kontinuierliche Wechseln der Farbstärke war nicht einfach, wie sie bei ihren Bemühungen feststellten. Es forderte Übung und viel Zeit.

»Ich habe aus einer Wiener Galerie einen Katalog mit Fotos von seinen Bildern mitgebracht«, tröstete Paula die anderen, »da kann man sicher sehen, wie er das Wechseln der Farbstärke meint.«

Über den abgebildeten Werken in dem Katalog stand:

Bilder einer neuen Schöpfung
Licht vom anderen Stern
Blumen und Sonnenblumen
Großer Himmel mit Farbkreis
Gespiegeltes Licht
Verschwindender Mond
Einsame Rose
Fremde Sonne

Die Formen und Farben seiner Blüten hatte er nicht der Natur entnommen. Seine Blumen konnten weder welken noch verblühen, die Gräser nicht verdorren. So waren sie weder lebendig noch tot.

Menschen kamen in den Bildern nicht vor. Vielleicht sollten aber die eigenartigen technischen Gebilde auf ihre Existenz hinweisen.

»Ein Kunsthistoriker, ich glaube, es war Hutter, hat diese kalte Lebensferne in den Werken von Roman Haller als distanzierte, von der technisch infiltrierten Welt mitbestimmte Kühle aufgefasst«, erklärte Paula.

»Er nimmt unter den fantastischen Realisten der Wiener Schule wohl auch eine Sonderstellung ein«, fügte eine andere Kursteilnehmerin nachdenklich hinzu.

Abends trafen die Arentins, Paula und Konrad und gelegentlich auch der eine oder andere Kursteilnehmer sich mit Roman beim Wein. Dann erzählte er gern Anekdoten aus seiner Zeit als Barmann in einem amerikanischen Offiziersklub, wo er sich das Geld für sein Studium verdient hatte. Zu später Stunde allerdings gab er manchmal etwas aus seiner Kindheit und seinem turbulenten Leben preis.

Als er eines Abends früher als die anderen gegangen war, sagte Paula: »Ich habe gelesen, dass seine fremdartigen Pflanzen vielleicht aus der Fantasiewelt des für ihn verschlossenen Paradieses seiner Kindheit stammen könnten. Irgendein Kunsthistoriker hat auch geschrieben, dass die ›einsame, schwerelose Ästhetik‹ seiner Bilder seine nach außen gestülpte Innenwelt sein soll.«

Als man sich am letzten Abend traf, fragte ihn eine junge Frau: »Woher nehmen Sie eigentlich die Motive zu Ihren Bildern?«

Er sann eine Weile nach und lächelte unergründlich, aber die Antwort blieb er schuldig. Malte nicht er, sondern malte es aus ihm?

Änderung der Farbstärke (Öl auf Leinwand, F.A.)

IX. Kapitel

Bei den Arentins klingelte durchdringend das Telefon. Franz Arentin nahm ab. Freund Konrad aus Wien war am Apparat.

»Grüß dich Franz«, sagte er. »Bevor ich es vergesse, zuerst das Wichtigste, was mir Paula aufgetragen hat: Der Leiter des Malkurses heißt in diesem Jahr Karl Korab, aber vielleicht habt ihr das im Katalog schon gelesen.«

»Ich nicht, aber vielleicht Anke. Aber gut, dass du es uns sagst.«

Dann kam das Übliche unter Freunden, die Frage nach dem Befinden und die Neuigkeiten aus der Familie. Konrad und Paula hatten einen Sohn, der Anwalt, und eine Tochter, die Professorin für Tierheilkunde war. Es gab auch Enkelkinder. Die Arentins kannten alle.

Ein Tabu gab es allerdings immer bei diesen Gesprächen, das war die geschichtliche Vergangenheit Österreichs. Obwohl Konrad Arbessers Vorfahren wie die von Franz Arentin Bewohner der ehemaligen österreichisch-ungarischen Monarchie gewesen waren, gehörten Franz Arentin und natürlich besonders Anke für Konrad zu den bösen Deutschen, die durch Hitler Österreich in Besitz genommen hatten. Da war ein Stachel, obwohl die historischen Wahrheiten wohl komplizierter waren.

»Was gibt es Neues aus dem Stift«, wollte Anke wissen, die den Hörer übernommen hatte.

»Dr. Angerer hat im Herbst ein Buch herausgebracht, der Titel lautet ›Klösterreich‹. Die erste Auflage bestand aus achttausend Exemplaren, die Weihnachten schon verkauft waren. Inzwischen sollen es schon hunderttausend sein. Der Molden-Verlag hat ihn von Buchmesse zu Buchmesse gehetzt und er konnte alle Termine nur mit dem Flugzeug wahrnehmen. – Eine gute Werbung für sein Buch waren auch seine Auftritte im Fernsehen wie besonders bei der zweihundertfünfzigsten Sendung vom ›Heiteren Beruferaten‹ bei Robert Lembke, wo sein angegebener Beruf Wirtschaftsleiter nicht erraten und damit das ›Schweinderl‹ gut gefüttert wurde. Es kam dann aber zum Schlachten nicht nach Geras, sondern ging als Geschenk an den Neffen von Dr. Angerer nach Rottenbuch. Er ist auch in der Sendung ›Drei nach Neun‹ im TV Bremen aufgetreten«, erzählte Paula, die Konrad am Telefon abgelöst hatte.

Die Sendung von Robert Lembke hatten die Arentins zufällig auch gesehen und die immer wiederkehrenden Fragen bei dieser Sendung entbehrten für sie, die sie den zu Erratenden persönlich kannten, der sich hinter »Wirtschaftsleiter« verbarg, nicht einer gewissen Komik. So lautete bei der Sendung immer die zuerst gestellte Frage: »Sind Sie mit der Herstellung und Verteilung einer Ware beschäftigt?«

Und später: »Könnte ich zu Ihnen kommen?«

Schließlich: »Machen Sie Menschen glücklich und zufrieden?«

Mit Freunden diskutierten die Arentins darüber, ob ein Geistlicher in einer solchen Unterhaltungssendung auftreten und damit Werbung für sein Buch machen durfte. Die Meinungen gingen auseinander. Freund Bruno hatte keine Bedenken und sagte: »Ist er nicht der Wirtschaftsleiter im Stift? Ohne ihn gäbe es nach meiner Meinung zum Beispiel kein Kunst- und Bildungszentrum dort. Er hat doch im Stift und im etwas vergessenen Waldviertel für Fortschritt gesorgt. Die Entfernung zum Eisernen Vorhang beträgt nur zehn Kilometer, nicht zu vergessen, dass das Waldviertel bis 1955 russisch besetzt war. Die Frage nach dem Dürfen ist hier eigentlich müßig.«

»Man sollte auch nicht vergessen, dass Angerer den Verdienst durch das Buch nicht in die eigene Tasche steckt, sondern dass er dem Stift oder seinen Aktivitäten zufließt«, ergänzte seine Frau.

Für Freund Kurt aber war es ein Sakrileg: ein Geistlicher in einer Unterhaltungssendung im Fernsehen! Es war für ihn wie Prostitution.

»Ich verstehe auch nicht, wie man so unterschiedliche Aktivitäten in der Wissenschaft – er ist doch Dozent für Musikwissenschaften an der Uni in Wien, wie ihr mir erzählt habt – und Wirtschaft vereinen kann«, sagte er nachdenklich.

»Das hat er selbst einmal erklärt: ›Ob Wirtschaft oder Wissenschaft, man benötigt zu beidem konstruktives Denken und Fantasie. Weil ich ein Musiker, ein Organist bin seit Kindheitstagen, musste ich lernen, auf mehreren Manualen gleichzeitig zu spielen und darüber hinaus noch das Pedal zu bedienen.‹«

»Also, Dr. Angerer spielt Orgel? Kann er dann nicht besser mit einem Konzert Geld für die Stiftrestaurierung verdienen? Zusammen zum Beispiel mit Prof. Endelweber, der ja auf seine Initiative hin Kammermusikkurse in Geras leitetet, wie ihr erzählt habt«, schlug Kurt vor.

»Sei es, wie es sei«, schloss Franz Arentin das Gespräch ab. »Mir imponiert dieser Geistliche.«

Einige Jahre später rief Freund Kurt bei den Arentins an und erinnerte sie an dieses Gespräch: »Ich habe in der letzten Zeit gleich zwei Sendungen gesehen, in dem euer geliebtes Stift Geras direkt oder indirekt vorkam, einmal bei der Deutschen Welle Berlin mit dem Titel ›Mensch Mönch im Klösterreich‹, was wohl ›Mensch Chorherr …‹ hätte heißen müssen, und im Bayerischen Fernsehen ›Der Pfaffenwinkel‹. Ihr habt ja nie erzählt, dass der von euch oft erwähnte Dr. Angerer, der ja inzwischen Abt im Stift Geras ist, aus Rottenbuch im Pfaffenwinkel stammt. Er hat in der Sendung jene Orgel gezeigt, die er schon als Kind gespielt hat. Medienpräsenz von Geistlichen ganz gleich in welcher Sendung ist heute offensichtlich normal. Ich war damals wohl zu altmodisch und das Buch ›Klösterreich‹ habe ich mir gekauft und mit großem Genuss gelesen.«

Die Arentins kamen in diesem Sommer wieder nach Geras, da sie neugierig auf den Kursleiter Karl Korab waren.

Franz Arentin schüttelte sich, als er am zweiten Tag ihres Aufenthaltes aus der braunen Brühe des im nahen Wald gelegenen Sees stieg. An diesem frühen Morgen war er in dünnen Nebel gehüllt.

»Tsitsida, tsitsida«, hörte man eine Kohlmeise, ein Esel schrie auf, ein Mufflon, das sich gestört fühlte, zischte vernehmlich. Aus dem Dickicht grunzte eine Wildsau. Schnell zog Franz Arentin Hemd und Hose über die nasse Badehose und schwang sich auf das Fahrrad, denn er fror ein bisschen – und freute sich daher auf das Frühstück mit einem heißen Kaffee. Da er sich kurz nach Sonnenaufgang aus dem Zimmer geschlichen hatte, um seine Frau nicht zu wecken, wartete die vermutlich auch auf ihn.

Karabeln Dorf (Aquarell, A.A.)

Korabeln Dorf (Aquarell, A.A.)

Heute würden sie zum ersten Mal bei Karl Korab malen. Er war ein mittelgroßer, nicht besonders auffälliger Mann, im Gegensatz zu dem barocken Fritz.

Der Tag wurde sonnig und warm und er tauchte mit den Kursteilnehmern in das Land der Stille ein, in dem die Bauerhäuser von tief heruntergezogenen Dächern behütet und ihre Einfahrten versteckt waren. Die Scheunen daneben hatten sich im Laufe der Jahre zur Erde gebeugt.

Menschen? Menschen, die sah man nicht. Sie blieben verborgen hinter den alten Mauern.

Korab kannte das Land der Stille, das Waldviertel und diese Dörfer wie seine Westentasche. Er hatte in seinem Buch »Ein Dorf« die aussterbende Lebensform poetisch dokumentiert. Dabei bildeten seine Fotos und Zeichnungen ab, was morsch, brüchig und schief war, »das alte übrig gebliebene Leben, das zu seinem Dorf gehörte … und er leugnete die Melancholie nicht«. In diese Welt zog er seine Schüler hinein, die nannten ihre Versuche, etwas Ähnliches wie der Meister davon auf das Papier zu bringen, »korabeln«. Für Franz Arentin tauchte seine Kindheit wieder auf, als es so kleine Dörfer wie im Waldviertel auch in seiner Heimat in Nordmähren noch gegeben hatte.

Bald sah ihn Anke mit einer alten Frau im Gespräch.

»Worüber hast du denn mit der Bauersfrau geredet?«, fragte sie ihn später.

»Über nichts Besonderes, aber wir müssen heute Abend noch einmal in das kleine Dorf radeln.«

»Warum das?«

Die Antwort blieb er schuldig. Aber am Abend drängte er zum Aufbruch.

Was er verschwiegen hatte, war, dass er im Fenster des Bauernhauses einen alten braunen Tontopf gesehen hatte, den ein eng geknüpftes Drahtgeflecht überzog und den er unbedingt haben wollte. Seine Frau verstand nicht, was er an diesem eigentlich zerbrochenen Gefäß, dessen Scherben nur durch den Draht zusammengehalten wurden, eigentlich fand. Sie war daran gewöhnt, dass ihr Mann ungewöhnliche Souvenirs sammelte. Aber diesen Topf?

Er verhandelte lange mit der Bäuerin und bekam schließlich das irdene Gefäß, das er vorsichtig in ein Handtuch wickelte und in einem

Drahtkorb auf dem Gepäckträger transportierte. Da es wohl schwierig war, dafür einen Preis in Schilling anzugeben, hatte die Bäuerin sich ein Bild von ihrem Haus erbeten, das aber erst gemalt werden musste.

»Sag mal, ich verstehe nicht, warum du unbedingt diesen kaputten Topf haben wolltest. Was ist das für ein Kleinod?«, fragte Anke ihren Mann, als sie wieder auf den Fahrrädern saßen.

»In meiner Kindheit gab es in meiner Heimat die sogenannten Rastelbinder, wandernde Kesselflicker. Sie haben zum Beispiel Tontöpfe, wenn sie gebrochen waren, zusammengesetzt und so mit einem Drahtgeflecht überzogen, dass sie wieder dicht und gebrauchsfähig waren. Das war eine besondere Kunst!«

Das Wetter änderte sich. Ein stürmischer Wind peitschte den Regen. Eine weitere Radtour in das Dorf wurde dadurch unmöglich. Am übernächsten Tag aber war der Malkurs zu Ende. So lösten die Arentins ihr Versprechen nicht mehr ein. Wieder zu Hause, drückten Anke die Schulden und sie malte nach einer Skizze ein Aquarell von dem Bauernhaus.

»Du hast sicher die Adresse der Bäuerin aufgeschrieben, von der du den kaputten Topf hast«, sagte sie zu ihrem Mann.

»Ich, nein! - Ich erinnere mich nur an den Namen des Dorfes. Es hieß, glaube ich, Lengenfeld.«

»Das ist allerdings nicht viel!«

Was nun? Keine Straße, keine Hausnummer! Aber in Bezug auf den Namen der Leute glaubte Anke, sich sicher zu sein und so schrieb sie:

Herrn und Frau Zwölfteufel
Lengenfeld
Österreich Waldviertel

Es dauerte sehr lange, bevor sie etwas hörte. Sie hatte schon befürchtet, dass die Rolle mit dem Aquarell nicht angekommen war, als endlich doch noch ein Brief eintraf.

Sehr geehrte Maler!
Ihr Bild ist gut angekommen und wir finden es sehr schön. Danke

dafür! Wir heißen aber nicht Zwölf-, sondern Neunteufel. Kommen Sie doch wieder bei uns vorbei, wenn Sie im Stift sind.

Gruß, Ihre Familie Neunteufel

Die Arentins dachten nach diesem Erlebnis, dass die Welt in den kleinen Dörfern im Waldviertel noch in Ordnung sein müsse mit einer Dorfgemeinschaft, in der jeder jeden kennt, grüßt, ihm hilft und sich geborgen fühlt. Ein Dorf, in dem es die kleinen Kramerläden noch gibt, wo sie als Kinder in das Bonbonglas greifen durften, mit dem Wirtshaus, in dem sich die Bauern, die Mitglieder des Gesangsvereins und der Freiwilligen Feuerwehr abends trafen, mit der Kirche und dem Feuerwehrteich in der Mitte.

»Wir werden morgen zu meinem Atelier fahren«, verkündigte Korab an einem Abend. Alle waren gespannt, seine Werkstätte in einem Dorf mit nur dreizehn Häusern zu sehen. Doch die meisten waren geschockt, als sie das Gebäude sahen, weil sie etwas völlig anderes erwartet hatten. Von der Landstraße aus kam man auf einen Betonklotz wie einen schwebenden Würfel zu, der zentrales Deckenlicht bekam. Ein Panoramafenster umrahmte einen Blick nach draußen auf die gegenüberliegende Waldlichtung. Auf mehreren Ebenen gab es Ecken zum Arbeiten. In der obersten Etage war die Bibliothek. Über einen Innenhof kam man zur Gartenseite des Wohnhauses.

Alles war von einem modernen Architekten im Stil der Zeit durchgestylt. Das Haus passte für Anke weder in ein Dorf noch zu dem doch eigentlich sehr naturverbundenen Maler, der mit dem Kräuterpfarrer befreundet war, wie sie gehört hatte.

Franz Arentin gefiel der moderne Bau, aber noch mehr die Malereien und Grafiken Korabs mit der stillen, ruhigen, scheinbar statischen Welt, die aus weiten Flächen, offenen Horizonten, Äckern, Wiesen und Feldern mit eingestreuten Gehöften bestand. Im gefielen auch die anderen Bilder mit jener erfundenen und technischen Welt, die anknüpfte an Max Ernst, Paul Klee, wobei er das Zeichenhafte von Joan Miro mit den einfachen Metaphern für Sonne, Mond, Baum, Blume und Stein übernommen hatte. Die Ansammlung von sehr unterschiedlichen Objekten auf seinen Grafiken und Gouachen wirkten manchmal wie der Blick in eine Rumpelkammer. Aber diese Bilder aus einer erfundenen, technischen Welt waren es, die er wohl vorwiegend in internationalen Galerien verkaufte.

Nach dem Besuch in Korabs Atelier kaufte Franz Arentin im Stiftsladen allerhand Utensilien wie Packpapier, Gummiarabikum und eine Radiernadel.
»Was willst du denn damit?«, fragte Anke ihn.
»Korab will mir zeigen, wie man Collagen macht. Mich interessiert die Technik.«
Bald knitterte er braunes Packpapier und strich es dann mühsam wieder aus. Der Bogen Papier war durch diese Prozedur sichtbar kleiner geworden.
»Jetzt müssen Sie die Konturen des Motivs auf das Papier zeichnen und sie mit Radiernadel perforieren«, wies ihn Korab an.
»Haben Sie einen Bogen Aquarellpapier bereitgelegt? Eine Seite des Packpapiers streichen Sie mit dem Gummiarabikum ein, legen es auf das Aquarellpapier, verstreichen es schnell und dann müssen Sie die Konturen entlang der Perforierung ausreißen. Über Nacht beschweren Sie die Papiere und können morgen früh auf beiden malen. So entsteht in etwa eine Collage«, endete Korab lächelnd und wandte sich einer Kursteilnehmerin zu.

Zwischen Hardegg und der Riegersburg geriet Franz Arentin noch einmal auf Abwege. Er hatte von einer Knopffabrik gehört und erzählte aber Anke nichts davon, obwohl Knöpfe und im Besonderen Perlmuttknöpfe wohl eher in ihr Interessengebiet fielen. Franz Arentin hatte aber keine Knöpfe im Sinn, sondern jenes buntschillernde Naturmaterial, das Perlmutt, das die Innenseite der Muschel auskleidet wie Seide eine kostbare Schatulle.
»Was hast du denn in dein Badehandtuch eingewickelt?«, fragte Anke beim Einpacken für die Rückfahrt, als sie etwas Hartes darin erfühlte.
»Lass es bitte, rühr es nicht an!«
Was war das nun wieder für ein kurioses Souvenir? Dieses Geheimnis wurde erst an ihrem Geburtstag gelüftet, als sie einen Gürtel geschenkt

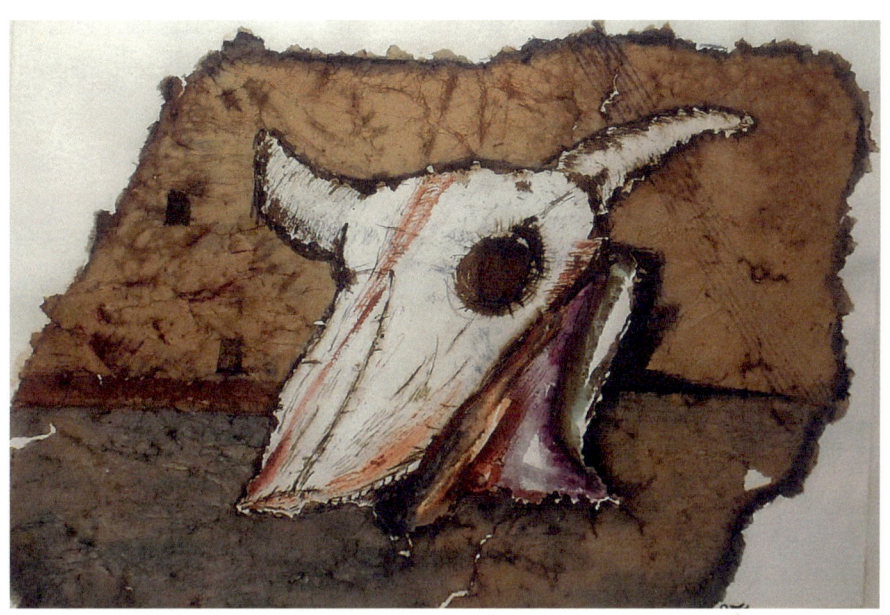

Collage (F.A.)

bekam, der als Schnalle eine Austernschale hatte. Franz Arentin kannte einen Goldschmiedemeister, der bereit war, seine ungewöhnlichen Ideen aufzunehmen und handwerklich perfekt umzusetzen. Herr Mühlbauer erfüllte seine individuellen Wünsche, wenn sie ihm vermutlich auch manchmal verrückt erscheinen mochten. So entstanden noch zwei weitere Gürtelschnallen und ein Anhänger, der sicher ein Unikat bleiben wird. Er besteht aus der Schalenhälfte einer Auster, auf der Citrine und Amethyste durch eine goldene Ranke gehalten werden. Die Steine waren das Geschenk eines Schmuckhändlers, dem Franz Arentin einmal in Peru geholfen hatte.

»Wir sollten diesmal wieder über die Wachau an der rechten Uferseite der Donau entlang nach Hause fahren. Wir könnten in Melk Station machen und dort vielleicht noch einmal übernachten. In der Benediktinerabtei ist im Augenblick eine Ausstellung.«

»Gut, aber dir geht es doch auch um die Marillen, die du kaufen möchtest.«

»Erwischt«, sagte Franz Arentin lachend.

Anhänger (links), *Gürtel* (Mitte) *und Verschluss* (rechts)

X. Kapitel

Eingebettet in die grünen Hügel des Wechsellandes liegen Feistritz und seine Burg. Dort verbrachten die Arentins nicht ganz wunschgemäß zwei Sommerwochen, denn besonders Franz Arentin hatte wieder in das Land der Stille gewollt. Die Burg ist eine alte Wehrburg, die 1136 zum ersten Mal urkundlich erwähnt wurde. Sie hatte während der vergangenen Jahrhunderte kunstvolle Ergänzungen erfahren und so war aus der trutzigen Festung ein Schloss geworden.

Am Fuße des Burgberges ließen die Arentins ihr Auto stehen und gingen ohne Gepäck bergauf. An einem Bauernhof vorbei hatte die erste Mauer eine malerische Pforte, bei der das Gatter offenstand, sodass sie eintraten. Zögernd horchten sie auf bellende Hunde, aber alles blieb still. An mit Efeu überwachsenen Steinen entlang kamen sie in den Burgpark und zur Burg.

Offenbar hatte man nach ihnen Ausschau gehalten, denn aus einer Tür kam ihnen eine Frau entgegen. »Dr. Arentin?«

Franz Arentin nickte.

»Seien Sie willkommen.« Sie gab dem Ehepaar die Hand. »Ich bin Edith, die Frau des Grafikers. Ich zeige Ihnen am besten zuerst einmal Ihre Ferienwohnung. Schauen Sie, sie liegt dort hinter dem Turmvorbau versteckt.«

»Ein mit Arkaden geschmückter Burghof und dann die Einrichtung hier mit einfachen Möbeln«, sagte Anke, als Edith sie allein gelassen hatte, »wie passt das zusammen? Es soll doch hier einen Rittersaal mit einem Bösendorfer Flügel, eine Burgkapelle und gotische Stuben geben.«

»Ein solches Schloss zu restaurieren und einzurichten, dass man es vermieten kann, ist teuer. So muss man zu Anfang sicher billigere Lösungen akzeptieren«, erklärte ihr Mann.

Die Arentins waren die Ersten gewesen. Auf der großen Freiterrasse mit einem malerischen Blick auf die Hügel und Wälder ringsum, deren Weg dahin Edith ihnen beschrieben hatte, duftete es nach gutem Kaffee. Dort fanden sich auch der Grafiker und die »Burgfrau« zur Begrüßung ein.

»Eigentlich zeige ich zuerst immer die Kaltnadeltechnik. Da wird das Motiv mit einer scharfen Stahlnadel in eine Zinkplatte geritzt«, sagte der Grafiker, den einige Robert nannten, am nächsten Morgen.

»Die entstandenen Grate halten die Druckfarbe fest und erzeugen samtartige Striche. Leider kann man mit der Platte nur wenige Abdrucke machen, da die Grate sich abnutzen. – Aber diesmal fange ich anders an, weil die Kursteilnehmer Andreas und Herta hier in meiner Werkstatt gerade Kupferstiche gemacht haben und dafür alles bereit ist. So fädeln wir anderen uns in die laufenden Arbeitsgänge ein. Zuerst braucht man natürlich ein Motiv für die Grafik. Nach dessen Größe wählen Sie dann eine von den hier liegenden Kupferplatten aus. Mit dem Zeichnen Ihres Motivs sind Sie zunächst einmal beschäftigt. Ich zeige Ihnen später, wie man die Kupferplatte vorbehandeln muss.«

Franz Arentin zeichnete nach einem alten Stich, den Robert mitgebracht hatte, die Burg und Anke einen Paradiesvogel.

Nach dem Mittagessen, zu dem sie in ein kleines Gasthaus im Dorf gehen mussten, zeigte Robert das Vorbereiten der von ihm polierten Kupferplatten. Auf die Vorderseite mussten der sogenannte Ätzgrund und hinten Spiritusfirnis aufgebracht werden. Als beides angetrocknet war, wurde mit weißem Karbonpapier der Entwurf des Motivs seitenverkehrt auf die Platten gebracht. Mit dessen Einritzen in den Ätzgrund waren alle lange beschäftigt und fanden erst am Abend auf den Zinnen der Burg ihre Stimmen wieder.

»Hier steht eine Wanne mit verdünnter Salpetersäure. Wenn ihr fertig seid, legt die Platten hinein, aber nicht mehr als eine Stunde und Vorsicht, Salpetersäure reagiert mit dem Eiweiß der Haut. Die Chemiker nennen das Xanthoproteinreaktion.«

Herta, die schon vorher in Roberts Werkstatt gewesen war, verdiente ihr Geld als Grafikerin, aber eine Werkstatt, in der sie Kupferstiche machen und drucken konnte, hatte sie nicht. Sie hielt ihre Hände hoch

Burg Feistriz am Wechsel (Kupferstich, F.A.)

und zeigte lachend die gelb gefärbte Haut in der Innenfläche ihrer Hände.

»Spült nur hinterher die Platten gut ab, bevor ihr mit Terpentin den Spirituslack abnehmt. Man kann auch mit der Platte erst drucken, wenn man sie entfettet hat.«

Das Drucken übernahm Robert selbst. Mit Gazestreifen verteilte er die Farbe auf der Platte und dann kam sie mit dem feuchten Papier in die Presse. Die Ergebnisse wurden heftig diskutiert, aber die Arentins waren sich einig, dass für sie der Aufwand zu groß sei.

Schön waren die warmen Sommerabende in dem abgeschlossenen Ambiente der Burg gewesen und erholsam die Ruhe. Der rote Blaufränkische hatte für Entspannung gesorgt und die nötige Bettschwere, sodass man tief und ungestört geschlafen hatte.

XI. Kapitel

Es war für die Arentins zur Gewohnheit geworden, sich einmal im Jahr mit Herta und ihrem Lebensgefährten zu treffen. Herta stammte aus Franz' Heimatdorf. Ihr Vater hatte dort eine Mühle besessen und auch das Schwimmbad gehörte ihm, in das Franz Arentin sich mit einem Freund am Abend geschlichen hatte, um den Eintritt zu sparen.

Herta lebte in Baden bei Wien, wo die Arentins immer einmal übernachteten, weil Franz in seiner Kindheit in der ehemaligen »kaiserlichen Sommerresidenz« unter Franz I. (»dem Guten«) mit seiner Mutter wegen des »gelben Goldes«, des Schwefelwassers, gewesen war. Baden war das »Tor zum Wienerwald« und zum romantischen Helenen-Tal, wo man sich traf.

Als die Arentins vor dem Hotel Krainerhütte vorfuhren, stand Herta, die durch ein scharf geschnittenes Profil und eine überschlanke Figur unverwechselbar war, schon vor der Tür. Wie stets trug sie ein auffallend gemustertes enges Kleid mit einen tiefen Dekolleté. Ihr Lebensgefährte war um einiges jünger als sie und hatte im Lokal einen Tisch am Fenster bestellt.

Zuerst sprudelte Herta immer alle Neuigkeiten von den ehemaligen Mitbewohnern des Heimatdorfes heraus, die in Österreich und Deutschland verstreut lebten und mit denen sie Kontakt pflegte. Darüber zu erzählen, war ihr besonders wichtig, erst dann schwelgte sie in Jugenderinnerungen. Diese Verbundenheit mit der Vergangenheit war merkwürdig, da sie strikt ablehnte, jemals wieder in ihr Heimatdorf zu fahren. Franz Arentin kannte viele der Leute nicht, von denen sie erzählte, hörte ihr aber wie auch die beiden anderen geduldig zu. Alle vier genossen dabei die gute Küche des Hotels und je nach Geschmack das Wiener Kalbsschnitzel, die Beuscherl oder den Apfelstrudel mit Schlagobers zu einem großen Braunen.

»Fahrt ihr im August wieder in das Stift Geras?«, fragte der Lebensgefährte.

»Wir wissen es noch nicht. Wir sind auch ohne die Kurse das ganze Jahr über kreativ. Die Aufenthalte in dem Stift waren nur die Initialzündung.«

»Bei uns in Baden wohnt ein Zeichner und wohl auch Maler, der Hollemann heißt. Er ist im Lions Club, der sich hier im Hotel trifft, wie mir neulich eine Bedienung erzählt hat. Sie wusste auch, dass er eigentlich Deutscher ist und aus dem Norden Deutschlands aus der Nähe von Hildesheim, aus der Hildesheimer Börde, stammt, die eine Weizen- und Rübensteppe sein soll«, erzählte Herta den Arentins. »Er hat Anfang der Sechzigerjahre in Wien an der Akademie für bildende Künste studiert und ist dann in Österreich hängen geblieben.«

»Dieser Bernhard Hollemann soll auch im Stift Kurse geben«, ergänzte der Lebensgefährte. »Er hat inzwischen wohl die österreichische Staatsangehörigkeit. Ich habe einmal Bilder, oder sind es Grafiken gewesen, von ihm gesehen. Er nimmt Lebewesen aus der Natur unter die Lupe und verfremdet sie mit Stift und Farbe zu skurril übersteigerten Mischwesen, die das Blatt überschwemmen. Eine seiner Ausstellungen in Wien hatte den Titel ›Tiere, Viecher, Unwesen‹. Ihm haben besonders unterschiedliche Insekten Modell gesessen. Sie bevölkern seine Bilder, lauern, hocken, schwirren, verwandeln sich. Sie erinnern an Kafkas mysteriöse Welten, verkörpern als Mischwesen wohl Hollemanns Kommentar zur Umwelt.«

»Das klingt interessant«, sagte Anke. »Franz' Stärke ist ohnehin mehr das Zeichnen und weniger das Malen und Hollemann scheint eine Symbiose zwischen beidem gefunden zu haben. Ich glaube, ich habe den Namen Hollemann im Kursangebot gelesen. Aber wir wollten eigentlich nicht mehr jedes Jahr Urlaub im Stift verbringen, da wir inzwischen, nachdem wir die Techniken genügend ausprobiert haben, unseren eigenen Weg sehen. Franz vorwiegend als Bildhauer mit Ton und Holz. Die Techniken hat er sich dazu auch von einem akademischen Bildhauer bei uns zeigen lassen. – Der Kurs von Hollemann hat den Titel »Zeichnen und Malen: Akt, Tiere, Landschaft'«, wusste Anke.

»Bei Prof. Itzinger haben wir ja Akt gezeichnet, und auch die Wildsäue im Tierpark. Landschaft sowieso«, gab Franz Arentin zu bedenken. »Eigentlich ist das nichts Neues!«

Aber die Arentins fuhren doch noch einmal in das Stift Geras. Übrig blieb davon für Anke vorübergehend der Versuch, Insekten darzustellen.

Im Stift hatte sich etwas verändert. Sie hatten schon im ersten Exemplar der »Geraser Hefte« gelesen (herausgegeben vom Kunst- und Kulturkreis Stift Geras, für den Inhalt verantwortlich Univ.-Doz. Dr. Joachim F. Angerer, Prior und Provisor des Stiftes), dass der denkmalgeschützte Schüttkasten nun doch Hotel und Restaurant werden sollte. Es war dabei aber gefordert, dass die architektonische Einheit, die Gestalt, der räumliche Charakter des alten Getreidespeichers erhalten blieben.

Die längsseitigen Außenmauern mit den gerahmten Breitfenstern hatten sie jedes Mal schon von Weitem gesehen, wenn sie von Horn auf Geras zufuhren. Auf die Figuren von Johannes dem Täufer und Johannes dem Evangelisten an der Spitze der Giebel sowie auf die »Schüttkasten-Madonna« hatte Konrad sie aufmerksam gemacht. Das ursprünglich polychrome Hochrelief über dem Eingang der Südseite zeigt Madonna mit dem Kind, die von zwei Engeln getragen wird, und darunter die Wappen des Stiftes Geras und eines Abtes. Für die Arentins war dieser barocke Bau einfach nur »der Schüttkasten«, ein alter, nutzloser Getreidespeicher gewesen, den sie auf ihren Bildern und Fotos festhielten, weil er sich auffällig in das Blickfeld schob.

Sie hatten den Speicher noch nie von innen gesehen, wenn er denn überhaupt zu besichtigen war. Sie wussten also nicht, dass der Bau unterkellert war. Dieser Keller war zweischiffig, wie man auf Fotos im »Geraser Heft« sehen konnte, und hatte eine Decke mit einem Kreuzgratgewölbe, die auf quadratischen Pfeilern ruhte. Im Erdgeschoss waren diese Stützen schlanker. Im Dachgeschoss bestanden sie einfach aus Holz.

Im folgenden Jahr aßen sie den ersten Karpfen im Restaurant des Hotels.

»Der Fisch ist vorzüglich, aber es gibt hier ja wohl auch einen Fischteich oder mehrere«, bemerkte Franz Arentin.

Der Schüttkasten vor dem Umbau

Schüttkasten Madonna

»Ja, aber …«, sagte Anke, »ein Hotel und ein Sternelokal? Haben wir das hier gesucht? Wir wollten eine Oase der Stille finden, fernab von der Hektik unseres bisherigen Lebens und unseres Alltags, meine ich. Und gerade das Einfache und das manchmal Improvisierte haben uns Mut gemacht, unverkrampft für uns einen Weg zu suchen. Dabei ging es uns nicht um irgendeine zweite Karriere, sondern um das Spiel, das Spiel mit Möglichkeiten, das eine andere Seite unseres Ichs ausfüllen sollte.«

»*Tempora mutantur*«, die Zeiten ändern sich, und das gilt wohl auch für das Stift, das vielleicht unter wirtschaftlichem Druck steht. Dr. Angerer hatte zwar versichert, Geras bliebe in seiner Totalität unüberbietbar und unverwechselbar und geriete keineswegs dorthin, wo die Furcht vor Unruhe, Massenbewegung und Kommerz beginnt. Geras könne nur um den Klosterteich verstanden werden …«

XII. Kapitel

»Wir haben oft auf Antiquitätenmessen Ikonen gesehen. Ich wollte schon immer mal selber welche malen, um diese Technik zu verstehen. In Geras gibt es jetzt einen Ikonen-Malkurs von einem Bulgaren«, sagte Franz Arentin, als er das neue Kursprogramm aus Geras wieder einmal in den Händen hielt.

»Nach Bulgarien hat Dr. Angerer offenbar Kontakte. Konrad hat mir am Telefon erzählt, dass im Mai eine Ikonen-Studienreise dorthin stattgefunden hat, die Angerer organisiert haben soll.«

»Ikonen malen willst du? Du weißt schon, dass man von einem Ikonenmaler eigentlich erwartet, dass er sich der besonderen Bedeutung seiner Arbeit bewusst ist. Es wird doch damit eine alte und christliche Tradition fortgesetzt. Du müsstest dich nach meiner Meinung auf das Malen von Ikonen erst geistig vorbereiten. Ikonen bilden Heilige und göttliche Geheimnisse ab. Sie sind in den orthodoxen Kirchen ein Bindeglied zum kirchlichen Leben und Menschen finden mit ihrer Hilfe zum Gebet.«

»Du hast in Griechenland gut aufgepasst und hast sicher recht«, gab Franz Arentin zu.

»Dass die Ikonenverehrung aus einer Zeit stammt, als die Kirchen des Ostens und des Westens noch zu einer ungeteilten Kirche gehörten, mag dafür sprechen, sich mit ihnen zu beschäftigen. Es könnte hilfreich sein, weil es vielleicht zu der Erkenntnis verhilft, dass die verschiedenen Formen des Gebetes und der Liturgie einen Reichtum darstellen und keine trennende Mauern zwischen den Christen sein sollten«, merkte Anke an.

Franz Arentin ließ sich auf ihre Überlegungen nicht ein und sagte bestimmt: »Ich möchte Ikonen malen. Es wird dieses Jahr also keine Korrespondenzen zwischen uns geben, wenn du mitfährst. Ich habe gesehen, dass es einen Kurs im Seidenmalen gibt. Wäre das nicht etwas für dich? Bilder, auf Seide gemalt, hatten für mich schon immer einen besonderen Reiz.«

»Überlass das getrost mir. Ich habe mich noch nie gelangweilt.«

Es waren nur wenige Teilnehmer im Ikonen-Malkurs, die sich in einem kleinen dunklen Raum zusammenfanden.

»Dr. Scharenko«, stellte der Kursleiter sich vor. »Ich komme aus Bulgarien. – Bevor wir anfangen, müssen Sie zuerst wissen, dass die Motive bei der Ikonenmalerei fest vorgegeben sind. Es werden bereits existierende Ikonen als Vorlagen verwendet. Maria wird immer mit Jesus gemalt und frontal dargestellt. Die Perspektive spielt keine Rolle. Also ist das Dargestellte nur Abbild der Wirklichkeit und nicht die Wirklichkeit selbst. Alle Formen sind einfach und es gibt auch keine Lichtquellen und keine Schatten. Der Goldhintergrund aber symbolisiert den Himmel und wenn der Gläubige in ihn eintaucht, begegnet ihm die dargestellte Person. Übrigens: Die erste Ikone soll von dem Evangelisten Lukas gemalt worden sein. – Zur Einführung soll das vorerst genügen. Kommen wir zur Technik.« Dr. Scharenko wies auf das bereitgelegte Material. »Hier liegen die getrockneten Ikonen-Bretter aus Lindenholz, die eine senkrechte Holzmaserung haben und die schon mit Knochenleim gestrichen sind. Sie müssen nur noch den Kreidegrund aufbringen und können dann das Motiv darauf zeichnen. Vor dem Malen aber vergoldet man den Hintergrund.«

Das Vergolden war nicht so einfach, da das im wahrsten Sinne des Wortes hauchdünne Blattgold mit einer Klebemasse auf das Brett geheftet werden musste. Tief einatmen und husten durfte man dabei nicht, sonst flatterte die dünne Goldfolie davon. Zum Schluss malte Franz Arentin mit Ei-Tempera Maria mit dem Jesuskind, sein Motiv.

Ein polnischer Priester weihte in einer kleinen Kapelle die gemalten Ikonen, so auch die Madonna, die im Haus der Arentins einen besonderen Platz fand.

Wie hatte Theodor Fontane doch gesagt: »Wo die Madonna weilt, da weilt die Schönheit und Freude.«

Marienikone (F.A.)

Das Waldviertel, das Land der Stille und des Regens, liegt an der Grenze. Zu der Zeit, als die Arentins dorthin fuhren, gab es noch den eisernen Vorhang von Stettin an der Ostsee bis Triest an der Adria, die Ost von West trennte. Franz Arentins Weg in eine andere Phase seines Lebens hatte dort durch Zufall begonnen, wo sein Leben kurz vor Weihnachten 1945 bei seiner Flucht beinahe geendet hätte.

Rückblende

Die schräg einfallenden Sonnenstrahlen hatten die Erde am Tage kaum erwärmt und der sie aussendende glühende Ball tauchte schnell und ohne eine große Vorstellung zu geben unter die Horizontlinie ab. Die Dämmerung lauerte schon zwischen den Bäumen des nahen Waldstücks, als der Weg im Nichts endete und die beiden jungen Männer sich sicher waren, dass sie den Fluss erreicht hatten. Kurz vor Mitternacht fassten sie Mut.

»Jetzt«, sagte Franz Arentin, »komm schnell, komm!«

Die beiden Männer schlichen sich bis an das Ufer des Flusses und rissen sich wie auf Kommando die Kleider vom Leib, machten daraus ein Bündel. Franz Arentin setzte zuerst seine Füße in das eisige Wasser, wie ein elektrischer Schlag durchfuhr ihn die Kälte und der Atem stockte ihm. Doch getrieben von der Angst, dass der Grenzposten sie entdecken könnte, watete er, die Kleider über dem Kopf haltend, durch das mit einer Eisschicht überzogene Wasser, seinen Freund Hans hinter sich herziehend. Auf der anderen Uferseite versuchte er sich schnell hochzuangeln, rutschte aber auf der vereisten Böschung zurück in das eiskalte Wasser. Wütend versuchte er es noch einmal anders. Diesmal landete er auf seinem Kleiderbündel, das er an das andere Ufer geworfen hatte. Hans zog er aus dem Wasser. Schnell sprangen beide auf die Beine und schlüpften in ihre Kleider.

»Wir müssen uns bewegen, laufen«, drängte Franz Arentin.

Keuchend rannten sie auf ein alleinstehendes Haus zu, aus dem noch ein schwaches Licht fiel, und bummerten an die Tür, die lange nicht geöffnet wurde. Erst als sie nicht aufhörten und immer ungestümer trommelten, wurde sie einen Spaltbreit geöffnet. Eine junge Frau wurde sichtbar. Sie stieß einen Schrei aus, als sie die Männer sah.

»Was wollt ihr?«, fragte sie unfreundlich auf Tschechisch.

Tschechisch? Voller Entsetzen fiel Franz Arentin das Türschild mit dem tschechischen Namen ein, das er beim Vorbeilaufen unbewusst wahrgenommen hatte. War die Taya an dieser Stelle nicht der Grenzfluss? Sekundenschnell begriff er die Gefahr. Wer war außer der Frau noch im Haus? Er hatte seinen Fuß in den Türspalt geschoben und riss heftig an der Klinke, die die Frau auf der anderen Seite eisern festhielt.

»Mein Kind ist krank, lasst mich, lasst mich doch.«

Die beiden redeten begütigend auf sie ein und flehten, sie einzulassen, aber die Frau hörte nicht zu. Da verlor Franz Arentin, vor Kälte schlotternd, die Geduld und riss die Tür gewaltsam auf. Er schubste die Frau beiseite und drängte sie in das Innere des Hauses. Das kranke Kind begann aufgeschreckt zu wimmern. Erleichtert stellten die Männer fest, dass die Frau mit dem Baby allein im Haus war.

Sie setzten sich unaufgefordert auf zwei Stühle in der Nähe eines Herdes, in dem ein Feuer brannte.

»Wir sind ausgekühlt, unterkühlt ... durch das kalte Wasser, das kalte Wasser, das Eis auf der Taya, wir brauchen dringend etwas Heißes zu trinken«, stieß Hans auf Tschechisch hervor.

Die Frau sah ihn verständnislos an, bis sie plötzlich zu begreifen schien und sich zum Herd wandte. Sie nahm den Wasserkessel auf, goss heißes Wasser in eine auf einem Tisch stehende Kanne. Aus einem Schrank holte sie zwei Tassen, die sie nach einiger Zeit mit dem Gebräu aus der Kanne füllte und den Männern hinschob. Der Tee schmeckte kräftig nach Kräutern und war wohl mehr zum Hustenlösen gedacht. Die beiden Eindringlinge schlürften das heiße Getränk dankbar, und langsam, ganz langsam durchströmte wieder Wärme ihre steifen Glieder. Die Frau hatte inzwischen begriffen, dass es nur die unruhigen Zeiten waren, die die Männer in ihr Haus verschlagen hatten.

Franz Arentin drängte darauf, das Haus so schnell wie möglich wieder zu verlassen und weiter zu marschieren, denn noch schützte sie die Nacht. Mithilfe der Frau zeichnete er eine Skizze. Geradeaus und dann nach rechts abbiegend konnten sie in Nähe einer Mühle und eines Forsthauses die Grenze erreichen. Von dort kam man zum österreichischen Zwingendorf.

Nach kaum einer Stunde standen sie wieder in der Kälte der Nacht und hatten wenig später ihre Heimat verlassen.

Fröstelnd standen sie an der Landstraße, bis sie ein Milchwagen aufnahm, der sie aber kurze Zeit später wieder absetzte. So gingen sie zu Fuß neben einer Straße, in der russische Militärfahrzeuge in endloser Kolonne Richtung Wien rollten. Auf eines dieser Fahrzeuge konnten sie unbemerkt aufspringen und fuhren so am 24. Dezember in Wien ein.

»Wir müssen den Lorettoplatz suchen. Dort wohnt ein Onkel von mir«, sagte Hans. »Vielleicht können wir da über Weihnachten bleiben.«

Als sie die Wohnung des Onkels gefunden hatten und schellten, öffnete die Tante.

»Hans?«, fragte die erstaunt und rief ihren Mann.

»Wir kommen hierher, zu dir, weil wir geflohen sind, aus dem Lager Hodolein«, stieß Hans aufgeregt hervor.

»Geflohen?«, fragte der Onkel erschrocken nach.

»Ja, hierher nach Wien geflohen«, bestätigte Hans.

Das Ehepaar trat von der Tür zurück und ließ die beiden ein.

Frisch gewaschen holte der Hausherr sie ins Wohnzimmer, das wohl noch nicht hätte betreten werden sollen. In einer Ecke stand eine schief gewachsene Tanne, auf deren Zweigen blind gewordenes Lametta und glänzende Kugeln hingen. In Metallhaltern steckten nur noch weiße Kerzenstummel.

Franz Arentin war auf einem gepolsterten Stuhl eingedöst, als ihn das Klingeln einer Glocke aufschreckte und er sah, dass der Onkel von Hans, dessen Frau und Tochter um den Baum versammelt waren und die Besucher herbeiwinkten.

»In jenen Tagen erließ Kaiser Augustus den Befehl, alle Bewohner des Reiches in Steuerlisten einzutragen. Diese Schätzung war die allererste und geschah, als Quirinius Landpfleger in Syrien war«, las Hans' Tante die Weihnachtsgeschichte aus der Bibel vor.

Die Tochter, die etwa im Alter der Flüchtlinge war, saß, nachdem die Mutter geendet hatte, kerzengerade am Klavier und spielte »Stille Nacht, heilige Nacht«.

Franz Arentin konnte sich schwer in eine stille und heilige Nacht hineinfinden. Er kam sich in dieser guten Stube deplatziert und von einer Familienidylle ausgeschlossen vor, in die er als Fremder hineingeplatzt war. Er dachte an seine Eltern, denen er durch seine Flucht vielleicht Probleme gemacht hatte.

Später am Esstisch glitt sein Blick über das edle Porzellan, die geschliffenen Gläser, die silbernen Leuchter und das Damasttischtuch hinweg, ohne dies eigentlich wahrzunehmen.

Der Hausherr hatte den beiden jungen Männern eine Schachtel Zigaretten neben den Teller gelegt, ein kostbares Geschenk in dieser Zeit. Ein bläulich schimmernder, von einer Hamstertour mitgebrachter Karpfen krönte den Tisch.

Der Hausherr goss Wein in die Gläser.

»Grüner Veltliner«, sagte er. »Ich habe noch zwei Flaschen über die Jahre gerettet. – Ein Prosit auf eure gelungene Flucht.«

Franz Arentin strich sich über den Kopf, auf dem er nur einen zarten Flaum verspürte. Aufseufzend dachte er, dass er noch eine Weile ein Gezeichneter sein würde, bis er am Tisch einschlief.

Nach wenigen Wochen in Wien, aus dem Franz Arentin noch einmal fliehen musste, wo aber Hans zurückblieb, war seine Odyssee noch lange nicht zu Ende, bevor er im Frühling 1946 in München in Sicherheit war.